KB196978

슬픈 토우는 고래만큼

이기현

2019년 『현대시학』을 통해 시인으로 등단했다.

시집 『슬픈 토우는 고래만큼』을 썼다.

파란시선 0153 **슬픈 토우는 고래만큼**

1판 1쇄 펴낸날 2024년 12월 10일
지은이 이기현
인쇄인 (주)두경 정지오
디자인 이다경
펴낸이 채상우
펴낸곳 (주)함께하는출판그룹파란
등록번호 제2015-000068호
등록일자 2015년 9월 15일
주소 (10387) 경기도 고양시 일산서구 중앙로 1455 대우시티프라자 B1 202-1호
전화 031-919-4288
팩스 031-919-4287
모바일팩스 0504-441-3439
이메일 bookparan2015@hanmail.net

ISBN 979-11-91897-93-7 03810

값 12,000원

*본 도서는 인천광역시와 (재)인천문화재단의 후원을 받아 '2024 예술창작지원사업'으로 선정되어 발간되었습니다.

슬픈 토우는 고래만큼

이기현 시집

시인의 말

빗질을 한다

몸이 없어서
슬픈 몸을 가진 것들이
떨어진다

더는 나를 사랑하지 않는 것들
더는 내가 사랑할 수 없는 것들

검은 밭 위를 걸었다

나 아닌 것들의 군집
나 아닌 것들의 불신

육체 하나 가지고 있을 뿐인데

나와 무관하게
무성히 자라나는 감정들이
슬프도록 무서웠다

차례

제3부 다시, 사랑의 외벽 안에서

제4부 우리는 우리를 마음껏 잊을 수 있다

제5부 철골 같은 양각 문자를 문지르며

해설

제1부 슬픔을 더 이상 기억으로 만들지 말자

빛과 사랑과 당신

검은 개울가에 누워
혼자가 아니라는 착각 때문에
몸이 썩기 시작할 때까지 잠들기로 했지

아픈 것 또한 해야 할 일이니까
몇 번씩 잠에서 깨어
개구리 울음소리가 들려오면
아직 살아 있다는 통각에 놀라면서

망설이느라 부치지 못한 편지를
다시 편지봉투에 집어넣듯이
조금 더 긴 절망이 있겠구나 싶었지

어느 한 지역의 횡단보도 신호를 외울 때쯤
그 지역을 떠나게 되었던 것처럼

이곳은 언제 떠나게 될까
집단의 슬픔이 이어지고 있는데
이곳을 증오하게 된다고 벗어날 수 있을까

—

매번 내가 믿는 것과 믿어야 하는 게 달랐을 때
공포가 무대를 조성하기도 했다
그런 날은 물처럼 자다가 석고상으로 일어났지

기도의 모양이 다르다는 이유로
나만 매일 악해지는 기분
그래도 혼자라고 생각해 본 적은 없어

나를 떠나는 것들은 모조리
내게서 도망치는 것과 다르지 않았으니까

빛도 층을 쌓아 그곳에 앉을 자리를 만들어
내가 무엇을 사랑했는지 알 수 없어 괴로울 때
그게 사랑의 형태였다고 알려 주었지

다만 나는 빛으로 이루어진 그네에 앉아
조금 더 긴 절망이 있겠구나 싶었을 뿐

혼자 흔들리며
어디까지가 삶이고

—

어디부터가 죽음인지

검은 개울가가 박명을 받아들이며
썩어 가는 육체를 드러나게 할 때
내가 떠올렸던 건

빛도 사랑도 당신도 아니었어
빛과 사랑과 당신의 곁이었어

슬픈 토우는 고래만큼

우리 놀이터 가서 놀자 손잡고 두꺼비 집을 짓자 누가 손 빼면 무너지는 무덤 안으로 들어가자 그러나 우리 적요를 발설하진 말자 시끄럽게 떠들어 대도 우리는 침묵에 대해 잘 아니까 노을 속으로 빨려 들어가는 빛을 모조리 소모하자 서로 구겨진 얼굴 사이사이에 낀 모래를 훔쳐 주자 샌드아트처럼 훔친 모래만큼 표정이 생겨나도

슬프니? 묻진 말자 슬픔을 더 이상 기억으로 만들지 말자 우리 뭍으로 나와 햇볕을 쬐고 있는 향유고래의 등 위에서 놀고 있다고 생각하자 석고를 뜨는 기분으로 우리 절대 손 놓지 말자 우리 약속들이 기항지에 정박한 선박들처럼 목적지가 모두 다르더라도

혼자 흔들리고 있는 그네의 등을 조용히 밀어 주자 얼굴부터 입수하기 시작하는 고래만큼 부서지자 우리 잉여의 빛이 머무는 해변이 되어 온종일 섞여 있자 우리 그러고 있자

머미브라운

착시 없는 평화를 기억해 그러니
바라볼 가치도 없는 것들을 보다가
별일 없으면 죽어도 좋을 것 같다

머미브라운 머미브라운
재미있는 사람이 되고 싶었어요
우스운 사람이 될 줄은 몰랐어요

습지의 미라들이 짓고 있는
입 모양은 꼭
내생에도 함께 살고 싶은 누군가의
부패하지 않은 이름 모양인 것 같다

난 누가 흘리고 간 증명사진처럼
정갈한 표정으로 너의 바깥에 남겨져 있고
넌 잠들기 전에 하는 기도처럼
내 안에서만 살고 있고
그래서 슬펐다

머미브라운 머미브라운

—

우리가 어떻게든 지구에 있으니까
같이 살고 있다고 생각해 버려도 괜찮은 걸까?

물 분자가 이동하는 것처럼
다섯 걸음이면 현관문 앞에 도착하는 집
다섯 걸음이면 제자리로 돌아갈 수 있는 집
그런 곳에서 살고 있다가
결빙.

얼음을 갈면 수분이 생기고
사람을 태우면 가루가 된다

봉안당에서 본
죽은 사람 이름이
너랑 같았다

부르다가 그만둔 이름의 끝자락부터
갈변하기 시작했다

—

다섯 걸음이면 현관문을 열고

단 한 걸음이면 바깥으로 나갈 수 있는 집
다시는 돌아오지 않아도 되는 집

그런 곳에서 얼고 녹으며
나는 습지가 되어 가고 있었다

야간 해루질

승강장에 나란히 앉은 우리가 같은 방향이라고 할 수 있을까 밤의 긴 머리가 우리의 머리 위로 포개지고 있는데 내가 바라보는 것을 너도 바라보고 있다면

저 멀리 유성처럼 달려오는 열차를 그대로 보내 줄 수 있을까 빛 한 점 없는 바닷가에 나란히 앉아 가끔 파도치는 소리와 현수막 부딪히는 소리를 들으면서

방파제 아래로 문득문득 보이는 해루질하는 사람들을 바라보고 있다고 할 수 있을까 우리가 같은 방향이라면 풍향계가 어김없이 돌아가고 네가 자리에서 일어나 열차에 올라탄다 해도

나는 바닷가에 그대로 남아 있을 수 있겠지만

해루질을 마친 사람들이 빛의 파편을 하나씩 쥐고 밤의 방파제를 건너오고 있다 열차 문이 닫히는 소리가 들려오고 반대편을 향해 네가 밝은 손을 흔들고 있다 그곳에는

바닷가에서 돌아오는 사람들이 있을까 아니면 승강장을

떠나가는 열차가 있을까 나는 알 수가 없지만 너의 손은 잡고 싶어서 밤의 긴 머리를 장막처럼 걷어 내며 일어섰는데

전방이 백색의 미지였다 한낮에 떨어지는 유성처럼 한 무리의 발걸음 소리가 희미하게 그러나 확실하게 다가오고

어느 방향으로든 손을 뻗으면 소매를 접어 주려는 손길이 있다 더는 돌아올 것도 떠나갈 것도 남아 있지 않은 그곳에서

나는 네가 바라보는 것에 감응하고 있다

자애의 흔적

영혼에도 비누칠을 하고 싶어
깨끗한 면을 조금이라도 더 가지려는
쓸데없는 욕심인 걸까

쌍성계에서
어느 별이 자신을 조금 더 밝게 만드는지
궁금해 수시로 몸을 비트는 생물을 상상하다가

당신이 버리고 간 미래에서
이따위 미래는 버릴 만한
이유가 있었다는 생각이 들었다

그래도 당신과 있어서
한때 아름다웠던 나
자애의 흔적을 발견할 때
늙고 병든 시인이 다가오네

그는 내게 아름답게만은 살지 말라고
여러 사람들을 만나 상처도 받고
세상에서 가장 슬픈 건

자신뿐이라는 사실을 받아들이라고
그때부터 슬픔이 모멸감이 되는 걸
조용히 견디면서

자신만 슬픈 세상이 마침내
자신을 버리는 일을 겪으라고

그렇지만 당신의 어깨에 머리를 기대면
쏟아지던 선율
내가 자신을 온종일 아름답다고 여겼던
여름 직전의 뜨거운 봄

그런 삶은 도구여도 좋았어
껴묻거리처럼 당신과
눈 덮인 산속으로 함께
발 빠지며 걸어 들어가는
발목의 두려움을 사랑하다가

우리가 멈춘 곳에서
서로에게 다른 빛이 머무는 순간

—

그래도 당신과 미래에 함께 있고 싶었어
말을 하면 당신은
자신을 비추는 이 빛깔까지만 이해할 수 있다고
대답을 하고

서로 다른 양태를 의식한 두 영혼의 심지에
불붙으며 전소되어 가는 봄 직전
겨울의 두 빛 사이에서

왜 같이 살거나 죽지 못했을까 우린
당신이 없는 모든 곳에서
당신을 생각한다는 게
어째서 자애의 흔적이 되는 것일까

혼자서 겨울 산을 내려오며
내가 늙고 병들 줄 안다는 것이
당신을 물들였던 빛깔을 이해하려고
살아가는 일과 다르지 않았는데

—

모든 영혼은 순백하다는 말을 믿으면
당신을 비추던 빛깔이 내게도 닿아서
나는 죽은 사람처럼 살 수 있었다

빛이 물드는 소리

같이 사라지자는 말은 시시해
차라리 네가 어떻게 늙어 갈지
궁금하다고 했더라면

나는 보고 싶은 사람을 보러
지옥에라도 갈 수가 있지
그렇지만

자갈밭 같은 마음 위를 뒹구는 사람 때문에
담벼락을 짚고 일어서면
아픔 아닌 것들도 발목이 되어 걸어갔지

슬픔이 번성한 나라에선
슬픔도 여러 취향으로 나뉜다던데
여기에서 슬픔은 잠깐의 기분 같은 것

교각만 보이는 투명한 보행교 위에서
나를 지나쳐 건너가는 것들
나는 건널 용기가 없어 마음이 무너진다

어쩜 하나도 변한 게 없네
그리운 얼굴은 그리워하는 얼굴을
빛이 물드는 소리처럼 반기겠지

나는 여전히 너의 몇 가지 취향으로 남아 있어
보행교 반대편에서 건너오는 것들이
나의 일부처럼 느껴지고
아프고 익숙하고

같이 사라질까
정말 같이 사라져 버릴까
늙을 때까지
늙은 너의 얼굴이 어떨지 그려 볼 자신이 있어

그대로겠지
그대로일 거야

슬픔이 번성한 나라에선
슬픔의 명세서를 받는다고 하던데
무엇을 슬픔으로 지불했는지 알 수 있다던데

—

나는 나를 따라 걸어온 발목들에게
지금 누가 말을 걸면 사라질 것 같다고
말하고 혼자 슬퍼하고 시시해지고

내가 멈추어도 발목들은
교각만 남은 다리 위를 계속 걸어갔지
나는 출입할 수 없는
국경을 통과하고 있었지

미안해 나는 결국
시시하게 늙어 가고 있나 봐

그곳에서 빛이 물드는 소리를 들었어
목소리가 머물던 얼굴처럼 선명해서

그대로겠지
그대로일 거야

—

미래의 종

생물이 되어 가고 있어
반성을 아는

같이 살래?
물어 오면 포장지처럼 매끈해지던 얼굴
감싸고 싶어서 건기의 그늘을 닮기로 했지
그게 욕심이었을까
습기처럼 달라붙는 반성이
미래를 연습하는 방식이 되었어

스크린도어에 비친 너와 추돌했던
열차는 네게 어떤 미래를 전달해 주었니

홀로 종점의 개찰구를 나오면서
발을 벗으면 맨발이 되고
얼굴을 벗으면 민낯은
파도가 멈춘 바다처럼 조용했는데

그날이 기념일과 같아서 나는
낡은 기억도 선물이 될까 해서

손이 손을 놓쳐서 생긴 손으로
시든 꽃다발 들고 미래에 도착해 있어

너는 자주 넘어지던 사람
내가 물건처럼 가지런히 놓여 있으면
이불을 뒤집어쓰고 헤엄치듯 다가오던 너는
바닥 속으로 들어가 해묵은 기억들을
보물처럼 건져 바닥 위에 널브러뜨렸지

거기서 바다 냄새가 나서
그중 하나를 집어
오래 슬픔을 솎아 내다 보면
어엿한 추억이 되어 반짝이곤 했는데

같이 살 수 있을까?
되물으면 대답 대신 너는
알몸을 벗고
물에 가까워졌고

이제 나는 너의 몸짓까지 잊어야 했던

네가 전달받은 미래의
스크린도어 안으로 들어와 있어

너의 투명성을 믿으려고
여기, 반쯤 투명해진

어느 종의
아주 긴 반성이 있어

당신의 장소

벽지를 물들이는 강물 냄새 때문에
자갈밭을 걷고 있었지

걷다 보면 몇 사람들을 마주칠지도 몰라
밑창에 강물을 적시고 걸었지
자갈 치이는 소리보다 오래 남을
물의 자국을 믿으면서

어느 미승인국에서 다시 태어나면
백 년 동안 당신과 이야기하고 싶어
국적을 가지는 것보다
당신과 평생 이야기할 장소가 필요해

그런 우리에게 고통은
받는 게 아니었지
가하는 거였어
가해지는 거였어

백 년을 당신과 그렇게 보내고 싶지 않아서
벽지에 피어나는 곰팡이처럼

국경이 생기고 장벽이 일어서도
자갈밭을 걷고 있었지

무수한 돌들의 국경을 넘고 있었지
걷다 보면 몇 사람들을 마주칠 줄 알았는데

내가 걷는 게 당신의 마음속이어서
자갈 치이는 소리만큼
한 사람을 찾아 헤매고 있었어

뒤를 따라오는 물의 기척을 느끼면서
한 칸의 방
한 사람의 마음

당신을 만나려고
당신의 장소를 걷고 있었어

난연(難燃)

연안에 사는 사람을 생각해
관람차가 윤슬처럼 일렁거리며 돌아가는 곳
불태우고 싶었던 마음도
벤치에 앉아 졸고 있는 고양이가 되고

어쩔 수 없었다는 말이
차갑고도 우스운 몸을 빌려 입어
잠에 든 고양이 옆에 앉아 있으면

열렬하게 연안을 벗어나고 있는 건
구름 몇 점과 몇 번이나
나를 따돌렸던 꿈의 윤곽

고개를 돌리면 책상에 엎드려
잠에 든 친구들의 등과
그 위로 돌아가는
선풍기 소리에

나만 깨어난 것 같아
다시 책상에 엎드리면

—

무슨 생각을 그렇게 해?

나는 질문이 만든 환영에
순식간에 사로잡혀
변온동물의 망막처럼 서늘해지고

연안에 사는 사람을 생각해
폭죽이 터지며 사라졌던 마지막 불꽃이
다음 불꽃의 열기를 기다리는 곳

나는 언제까지 나를 괴롭힐 수 있을까
사그라지지 않는 불꽃을 품은 채

언제나 연안에서 나만 깨어나는 것 같아
발이 땅에 닿는 느낌 때문에
종려나무처럼 서 있는
그 느낌 때문에

불꽃을 가지고도

—

마음에 불이 붙지 않아
체온을 가질 수 있었다고

무슨 생각을 하든
그건 전부 연안에서의 일이었지

제2부 그림자에도 그을리는 마음

선고

손을 씻어도 손이 사라지지 않아서
너의 손을 잡았던 것 같은데

네가 전열보병처럼 서서
적의를 반대편에 두고 있을 때
너의 손이 차가워서
그게 무뚝뚝하다고 느꼈다

신체의 일부를 잡고 있어도
잡혀 있는 기분
외면당하는 기분

감정에 기생해 살아가고 있다는
감정이 어떤 것인지
너는 알고 있을까

죽은 개구리처럼
만지면 죽음의 질감이 느껴지고
만지지 않으면 울음소리가 들려와서

너에겐 내 비명도
웃음소리처럼 들렸을까

너는 항상 반대편이 필요해 보였지
무너지지 않는 벽이 있어서
그곳에 마구 공을 던졌지

피구처럼
맞으면 아프고
맞지 않으려면 피해야 하는

나는 웃고 있지 않아
정말로 웃고 있지 않아

잡은 손을 놓으려고 손을 씻었다
흐르는 물에 씻겨 나가는
손을 가만히 보고 있었다

감정만 물기처럼 남아서
아무도 내 손을 잡을 수 없었다

날아오는 공을
피하지 않아도 맞지 않았다

나는 감정을 가지고 살았다

변방의 요리사

변방을 찾는 자들이 데스 휘슬을 불며 시스투스가 불을 지른 언덕을 내려오고 있다 비명을 삼키며 비대해지는 저녁이 변방을 그림자로 드리울 때 당신은 드디어 내게 열쇠를 내밀며 집에서 나가라 했고 나는 짐을 싸는 대신 두 손으로 눈을 감쌌는데

내 마음속엔 입이 있어서 불안이 음주를 하곤 했지 거실에서 식기들이 깨지는 소리가 들려오는 날이면 잠든 척하는 내 옆에 토그 브란슈를 내려놓고 식칼을 쥔 채 나를 노려보는 그림자가 있었지

그림자에도 그을리는 마음 때문에 무엇이든 들이부어야만 했지 술 취한 마음은 언덕을 차지하고 있는 시스투스의 발화를 예감했고 그날그날의 통증을 어딘가에 보관했는데 그곳이 당신의 집이었지 나의 작은 지옥이었지 당신은 부패하기 시작하는 것들만 요리하는 사람이어서

매일같이 나는 죽어서도 썩고 싶지 않아서 악마와 함께 춤을 추고 싶었다 차라리 악마가 되고 싶었다 당신이 절대 알 수 없었을 어떤 고통은 외상이 없어서 활기차 보였겠지

죽은 후에도 춤추는 동영상 속의 인물처럼

나는 공포를 느끼기 전에 이미 공포에 포섭되어 있었다 넌 내가 사랑해서 그렇게 얌전하구나 말하며 당신이 내 어깨에 머리를 기대면 운석을 생각했다 이 변방의 거대한 충돌을 생각했다 살이 뜯긴 자리에서 살이 생겨나는 게 살아 있다는 통각이라면 뜯겨 나간 살에서 살이 자라나는 것은

죽어서도 당신을 증오하겠다는 의지가 될 수 있을까 그러나 창밖으로 조명처럼 언덕이 불타고 있고 문을 노크하는 소리와 비뚤게 눌러쓴 토그 브란슈를 다잡는 당신의 손짓과

데스 휘슬을 불며 나의 지옥으로 입장하는 악마들이 있다
드디어 나의 지옥에도 비교할 수 있는 고통이 생겼는데
이 지옥에는 열쇠가 없다

혈육애

아버지 나는 참을 수 없어 고백을 배우는 건 지겨운 일 이제 폭로를 배울 차례야 물러 터진 홍시를 냉동고에 넣어 둔 지 몇 해가 지났을까 아버지 물러 터진 채로 쓸쓸히 얼어 가는 기분은 어떨 거라 생각해?

케첩과 핏물의 점성을 구분하는 건 방관자의 시선에 가깝지 아버지 날 정류장에 두고 떠난다고 해서 내가 돌아갈 수 있을 거라 생각해? 난 버스 노선도처럼 수없는 정지를 감당하고 있어 수목들이 바닥에 누우면 아버지 늪에서 출정한 악어 떼가 이곳에 도착해 도시의 생태를 바꿀 수도 있지 않을까 그러나 입 벌리면 올가미로 악어의 주둥이를 옭아매는

밀렵꾼들도 이 계절에 도사리게 될 테고 난 버거킹에서 손가락을 케첩에 찍어 핥아 먹고 있을 거야 손가락이 물릴 때까지 케첩은 무한 리필 신기하지 음식을 해치우는 일과 늪을 헤쳐 나가는 일 중 뭐가 더 폭력적일까? 뭐가 더 본능적일까? 비가 오면 우산을 쓸 일이고 손가락에서 피가 나기 시작하면 어떻게 해야 해? 이곳은 킹도 밀렵꾼도 없고 겨우 케첩 한 덩어리 남아 있을 뿐인데

수천 마리의 모기떼에 물려 온몸의 피를 빼앗기는 꿈을 꾸곤 해 그때마다 부어오른 내 몰골이 징그럽진 않고 수혈을 기다리는 환자처럼 누워서 사는 게 취미가 되어 버리는 거 있지 아버지 난 이제 출발해 악어처럼 울퉁불퉁한 피부를 갖추고

냉동고에 있는 홍시를 꺼내 먹으러
늪에서 늪으로
피를 빼앗겨도 더는 피를 얼려 두진 않을 거야

휘슬블로어

—

유령의 언어가 윤곽에 가깝다면
사방에 미친 혀들이 찾는 건
속삭임에 가까운 증언이겠지요

치욕이 부끄러운 일이 되어서
나는 험담처럼 생겨나는
무수한 다리를 가지게 되었습니다

그럼 나는 흉측한 지네가 된 걸까요
이 다리들로 도망을 가야 하는 걸까요
그것이 부끄러운 일이 되는 걸까요

아름다움이란 얼마나 많은
침묵이 관을 짜게 만들고
얼마나 많은 묵살 속에서 짓는
말끔한 표정입니까

쉿, 누가 소리를 내면
쉿! 모두가 일제히 돌아보고
쉿, 그늘에 숨은 사슴이

—

쉿! 그늘에서 사냥꾼을 만나게 되는

자신의 관을 마주한 유령들은
어째서 여전히 사냥터에 있는지요
입술을 뻐끔거리며
소리를 만들어 내려고 하는지요

그들의 모든 다리가 독 발톱이 되어
걸을 때마다 흘러내리는 독에
자신들마저 중독되어 버렸는데

부끄러운 일이 치욕이 되지 않아서
예정대로 하관은 진행되겠지요

내가 사라진 세상은 여전히 말끔하고
아름다울 거고 그래서 나는
쉿, 쉿, 쉿!
쉿쉿! 쉿쉿쉿! 쉿!
쉿쉿! 쉿쉿쉿!
쉿쉿쉿쉿!

암순응

—변방의 시작

어쩌겠는가. 불우한 친구여, 사람이 아무도 없는 곳에 가면 우리가 더는 사람이 아니어도 괜찮다는 사실을 알게 되겠지만 불안이 우리 중 하나를 협잡꾼으로 지목하는 순간

플레어를 흩뿌리며 이륙하는 수송기와 돌아가는 룰렛에 꽂히는 단검이 우리를 공포에 동참하게 만들겠지. 그렇다면 우리는 다시, 불안을 판매하는 상인들이 좌판을 까는 거리로 돌아가야만 하겠지. 부서진 빌딩 숲 사이를 전서구가 분주하게 날아다니는 광경을 허망하게 지켜보면서

어딘가에 숨겨 두었던 절망을 다시 꺼내 볼 수 있겠는가. 친구여, 불우하다는 건 절망을 움켜쥐고 있는 자세인가, 공포를 직감하는 인간의 습성인가. 그렇지만 우리에게 공포를 가르쳤다고 생각하는 자가 있다면

그자 앞에서 우리는 말할 수 있지. 당신은 우리에게 공포를 가르친 게 아니라 우리의 몸속 공포를 일깨웠을 뿐이라고. 당신이 전혀 두렵지 않다고. 두려운 건 캐슈넛 같은 이빨을 꽉 깨물고 찌그러져 가는 생애가 방패를 가격하는 곤봉의 위력을 버티는 일과 같은 것이겠지.

우리가 일구었던 터전에 더는 우리가 있을 수 없다는 것이겠지.
침범하는 자들이 더 지랄하는 곳이 되어서
누군가 떠나면 슬픔이 고자질하는 곳이 되어 버려서

어쩌겠는가. 불우한 친구여, 우리가 버리고 싶은 몸을 이끌고 우리의 세상이 끝난 직후의 미래에 진입해 버렸다는 것을 그러나

이걸 미래라고 할 수 있을까? 미래는 이런 게 아니었는데, 어쩌면 우리가 한참 전에 죽어 버린 것과 다름없다고

감히 당신이 내게 할 수 있는 말이라고 생각해?
정말로 당신은 불안의 대가가 분열이라고 생각해?
그렇다면 어떻게 나를 친구라 부를 수 있지?

밤의 창가에서 소염기 불꽃이 간헐적으로 명멸하고 있었을 때
그래, 우리가 손을 잡고 두려움에 떨고 있었을 때

—

손이라도 잡으면 희망 따위도 영양생식할 수 있을 거라 믿었을 때
그 순진함이 내 무릎의 자세를 교정하려고 들었을 때

절망은 내게 백지수표를 내밀었어
내가 당신이 기르는 동물이 아니라는 걸 깨닫는 순간이었지
당신이 나를 협잡꾼으로 지목하는 순간이었지
그것이 내가 인간 대접을 받는 첫 순간이었지

그러니 나의 세상은 끝나지 않았어
시작한 적도 없으니까

당신이 당신의 낡은 세상이 끝난 직후의 어둠에 순응할 수 있을까
이곳에 살고 있었던 것들이 당신에게 어둠을 나누어 줄 수 있다면

우리가 같은 공간에서 다른 세상을 살고 있었다는 걸 알게 되겠지

—

당신은 당신의 세상이 무너지고 나서야
공포에도 위계가 있었다는 것을 알게 되겠지

이상한 천국

이상하지 안개는 그쳤는데 삶은 그치지 않는다는 게 무슨 일이 있냐고 묻는 사람 때문에 무슨 일이 생길 것 같다는 게 구름이 주위에 있다고 천국이 아닌 것처럼

아버지 같은 아버지와 촛불을 사이에 두고 마주 앉아 서로 말도 않고 하나였다 둘이었다 하는 촛불의 머리만 쳐다보는 긴 정적이 있다는 게

이상하지 태양과 달이 신의 형벌로 멀리 떨어지게 된 두 인간일 거란 이상한 신념을 오래 간직하고 있었을 뿐인데

개기일식이 일어나며 진짜 신의 형벌을 알게 된다는 게 아버지 같은 아버지에게서 하나의 아버지를 발견하게 된다는 게

그래서 천국에도 하늘이 있는지 구름이 있는지 천국이 있는지 이상한 의문이 생겨난다는 게

이상하지 내가 망가뜨린 아버지가 불 속에서 희미하게 웃고 있다는 게 그래서 그 표정에 피부를 입혀 주고 싶다는

게 삶이 한 사람을 마주한 채

침묵과 죽음 사이의 묵음을 발음하려는 촛불 같은 몸부림에 가까웠다는 게

참 이상하지
다음 개기일식을 기다리는 몸짓 하나 표정 하나 연기처럼 남아 있다는 게

수박이 미래였던

세탁기에 쌓인 옷들을
하나씩 건져 올렸다

블라인드 사이로 조각난 풍경이 좋아서
새장을 열어도 날아가지 않는
새의 마음으로
입을 옷과 버릴 옷을 구별하지 않았다

창틀을 닦은 물티슈로
구멍 난 방충망을 막아 두었는데
아무것도 변하지 않았다
수박이 미래였던 시절처럼

줄무늬와 줄무늬 사이에 표정을 숨겨 두고
잘 익은 수박을 식칼로 내려치곤 했는데
쪼개지는 미래가 우스워서
새빨갛게 웃었다

틀린 표정을 지었는지
미래가 틀렸는지 언제부턴가

한 통에 들어 있는 수박씨만큼
알약을 삼킬 수 있게 되었다

고장 난 벽시계를 고치려고
주먹으로 벽을 쳤던 것처럼
틀린 건 많았는데
달라진 게 없었다

미래에는 흰 손을 꺼내
박수를 보내고 박수를 받으며
날갯짓을 터득할 줄 알았는데

혼자 시소에 올라타도
새가 좋아하는 위치여서
마구 옷을 벗어 던지고 싶었다

텅 빈 세탁기를 작동시키고 엎어졌다
옷들이 줄무늬처럼
공중에서 하늘거리고 있었다

옷장을 열고
새빨간 수박들이 쏟아져 나왔다

달라지고 싶지 않아서
틀린 마음을 먹었다

처단의 밤

슬프다
이 말은 통증인 것 같은데

아프지 않아
이 말은 심정에 가까웠지

불면 중에도 몸 안에서 진행되는 꿈이 있어
거기에서 나는 대낮의 야산을 오르고

이곳의 야경꾼 눈에는 내가 작은 불꽃처럼
위험해 보였을지도
초동에 진압하지 않으면
일이 커질 테니까

처단하는 일과 소화되는 밤
복족류가 되어 밑바닥을 쓸고 가는 일

야경꾼이 지키던 밤이
구멍 뚫린 나의 몸 안으로 유실되고 있는데

나는 몽마의 단잠을 깨우는 악인이 되고
낫을 든 몽마는 이불 밖으로 빠져나온 발목들을 잘라
밤이 흘러들어 온 야산에 심으러 가고

슬프다 슬프다 내 슬픔에도 해방이 있을까
작년에 심은 발목들이 자라
다리가 되어 통증을 호소하고 있는데

이만 명의 손목들이 타지마할을 건축했듯
야산이 움직이려면 몇 개의 다리가 필요할까

어쩌면 나는 발목부터 자라 사람이 된 건지도 몰라
가장 마지막에 심장이 생겨서
그때부터 아픔을 이기려는 사람이 된 건지도 몰라

이 모든 아픔이 야경꾼들에겐
밤에 복속하지 않는 자들이 이끄는 전차의
무한궤도가 굴러가는 소리처럼 들리겠지만

슬픈데 아프지 않아

이 말은 고통을 나누어 받은 자들의 분노

수많은 심장이 이기려는 아픔을 동력으로
지면이 천천히 일어서서 야산이 되었지

그러니 야산이 움직이기 시작하더라도
전혀 위험한 일이 아니었지

건축된 숲
—변방의 종교

병든 신과 함께 지내던 방에서 우리는 늘 외로웠지 이곳을 변방이라고 부르는 이방인들이 신에게 바치는 제물이라며 심장을 두고 떠나면

우리는 번갈아 가며 서로의 심장을 새것으로 갈아 끼워 주곤 했다 그러면 방은 조금씩 넓어져 구릉지가 되었고 묘목을 심으러 사람들이 모여들었다 숲이라고 부를 수 있을 만큼 시간이 지나자 동물들이 태어나고 마을이 지어지고 제단이 만들어지고 우리를 보았다는 예언자가 떠돌아다닌다는 소문도 들려왔다

나는 우리가 갈아 끼운 몇 백 무더기의 심장을 묻은 무덤 앞에서 쓸쓸해 보이는 너를 바라봤지 네가 갈아 끼워 준 심장이 여전히 뛰고 있는데도 우리가 살아 있다는 게 저절로 죽어 가는 일과 다르지 않다고 느꼈지 그래서 신과 함께 지내던 방으로 되돌아가야만 한다는 것을

더는 신을 위해 제물을 바치지 않아도 된다는 것을 몇 세대에 걸쳐 제물로 희생되어 온 사람에게 말해 주었지 그는 이해할 수 없다며 그동안 자신이 바친 심장들을 돌려 달라고

칼을 쥔 채

오직 사람만이 사람으로 태어난 것을 후회한다는 걸 아느냐고 부르짖으며 내 가슴을 도려내어 심장을 꺼내 씹어 삼켰지 제단 앞에서

너는 쓰러진 나의 육체를 끌어안았다 그때 우리의 심장의 위치가 달랐다는 걸 알았다 이렇게 가까이 있어도 우리는 서로의 변방이었다고 나는 이방인처럼

신에게 제물을 바치려고 변방을 찾아온 어느 이방인처럼
내가 갈아 끼워 준 너의 심장에서 숲이 무너지는 소리를 들었다
신이 개입하는 비명 소리를 듣고 있었다

제3부 다시, 사랑의 외벽 안에서

물소리

슬리퍼를 끌며 우리는 애월을 걸었다
많이 걸었고 솔직해졌다

뙤약볕 아래에서 물통을 건네는 네가
모자챙 그림자 안에서
나를 보고 있지 않다는 걸 알고 있었다

사소해

해변을 질주하다
바다에 입수하는
사람을 향해 하는 말처럼

물이 증명하는 것이
몸을 온전히 밖으로 내보내는 일이라면
날 부르는 소리가 들려올 때

눈앞에서 사라진 것들은 분명
다른 어딘가에 입장했을 거라고
믿어 볼 수 있게 되어서

나는 어느 선사박물관에 있었다
수천 년이 지나 발굴된 물건들은
자신을 만지던 손길을 기억하고 있을까

손이 닿으며 생기던 음을
알아들을 수 있을까

정말 사소한 건 기억나지 않지만
사소하다고 생각했던 것은
기억할 수 있어서

모르는 사람에게
당신은 누굴 보고 있습니까?
역시 그가 나는 아니겠지요
이런 질문은 어떤 목소리로 내야 할지

그렇지만 사소한 일이야
바다에 들어갔다가
젖은 몸을 이끌고 나와

다시 애월을 걷는 것쯤

누군가를 불러 보고 싶어서
수천 년이 지난 후에
잘 보존된 물통을 매만진다고 해도

단지 그곳엔 바다가 있을 테고
우리가 슬리퍼를 신고 걸었던
길목이 있을 테고

우리 둘만 기억되는 세상은
얼마나 어리숙할지
얼마나 사소할지

물통을 건넬 때
흔들리며 났던

수천 년 전의
물소리를 알아듣는 일처럼

그날 우리가 바다에 있었던 건
바다가 우리를 기억해 낸 일이었지

사랑의 외벽

너의 이빨이 내 살을 파고들어 온다 아스팔트 위에 흐르던 물이 내 위장으로 흘러들어 오는 기분 그래 벌을 받고 있다고 생각하자 당분간 벌레가 온몸을 기어다녀도 내쫓지 않게 되겠지 그러나 이별에도 환희가 있구나 이빨 자국만 남은 살이 부풀어 오르며 너를 부정하기 시작하고 우리가 함께 있는 공간은 사람을 잡아먹을 듯이 고요하다 해풍을 맞으며 부식되어 가는 건물처럼

사랑에도 외벽이 있고 그 바깥에서 농성하던
다 울고 난 후 퉁퉁 부어오른
두 얼굴이 서로를 쳐다보며

기억날 만큼만 기억하기
기억날 만큼만 기억되기

자신을 이루고 있던 소중한 것들에게
이제는 그만 떠나도 좋다고 말할 수 있는 용기
그러나 나는 얼마나 더 비겁해질 수 있는지

내 생각과는 다른 목소리들이 머릿속에서 발설하고 있었

다 그들의 정체가 궁금해 그들의 얼굴을 떠올리자 나는 그들에게 들키고 말았지 그들은 일제히 나를 욕하기 시작했고 나는 무방비인 채로 욕설들을 마음속에 필기했지 그러다 나를 욕하고 있는 내 목소리도 받아 적었을 때 느꼈던 적요가 마음속에 꾹꾹 눌러쓴 자신에 대한 죄목이었다는 걸 알게 되면서

육체를 벗어나 상징이 된 사람들은 나를 찾아와 삶을 살겠다는 데에는 이유가 필요 없지만 살지 않겠다는 결심에는 수많은 이유가 필요하다고 했다 마치 내가 발설된 미래를 살아가고 있다는 듯이 나는 이유를 하나씩 만들고 있었는데

다시, 사랑의 외벽 안에서
파도가 부서뜨린 바람의 파편에 얼굴을 베이면서 내가 너의 슬픔까지 슬퍼하겠다고 다짐했던가? 어쩌면 나는 어그러진 슬픔에 중독된 것인지도 몰라 글자를 보면 목소리가 들려오는 것이었고 목소리를 들으면 글자가 보이는 것이었지만

네가 슬퍼하면 나도 슬퍼하고 있었다는 말을 건네기도 전에
약속처럼 무너지기 시작하는 사랑의 외벽 안에서
더는 그 무엇의 안도
그 무엇의 바깥도 아니게 되는 공간에서

우리가 미래에 도달하기 위해 잠시
서로에게 기생하고 있었던
미래의 중간숙주였다는 걸

그러나 이별에도 환희가 있구나
내가 도달하게 될 미래는
새로운 종류의 슬픔이어서

네가 슬퍼하지 않아도
내가 슬퍼하고 있겠지

여름의 가장 끝쪽

상처가 아물어도
아문 상처가 있을 뿐이었는데

이번 계절이 나 대신 소풍을 간 듯해
죽어야겠는데 이유를 모르겠다는 너와
어쩔 수 없이 따뜻한 음식을 내오는 내가

서로에게 어떤 식으로
상처를 이해시키려 했었을까

하지만 아픈 건 상처의 속성이 아니야
그건 페름기의 불완전한 지옥 같은 것

멸망하고 나서부터
재생을 시작하는 상처의 시간

언제나 삶은 이곳에 있고
가능한 많은 방식으로
너와 무작정 같이 살고 싶어

살아 뭐해
살아! 뭐해!

비가 오면 비가 온다고 말하는 사람에게
우산을 씌워 주면
페름기의 동물처럼

빗속으로 뛰어드는 사람이 있고
우산을 접고
함께 뛰어드는 사람이 있는

이 계절의 가장 끝쪽에서
여름을 발견하고야 마는 동물들

멸종을 바라는 마음도
멸종을 바라지 않는 마음도
멸종의 이유가 되지 않는다는 걸

아문 상처가
더 이상 아물지 않는 것은

우리 안에서 상처가
살아가기 시작했다는 거겠지

무작정 빗속으로 뛰어들어
비를 피하지 않아도 되는
페름기의 한여름처럼

공원을 배회하는 감각

장바구니를 들고 들어선 공원은
돌아오기로 약속하지 못한 사람들이
돌아오는 곳이기도 하지요

아이 없는 유아차를 끌고
한 남자가 공원을 떠돌고 있어요
나는 사람을 찾고 있고
저 남자 또한 사람을 찾고 있다면

이 비둘기와 저 비둘기가
똑같이 평화의 상징인 것처럼
남자와 내가 찾는 사람이
같은 사람일 수도 있지 않을까요

그럼 우린 서로 아는 사람을 찾고 있을 수도
서로 아는 사람이 되어 줄 수도 있겠지요
하지만 이건 너무 평화로운 생각

꿈속에서도 날 알아보지 못하는 사람을
벽처럼 세워 두고

—

그 앞에 서서
벽이 되어 본 적이 있어요

어떤 벽이 앞을 보며 한없이
반대편을 향하고 있었을까요
어떤 벽이 뒤를 보이며 한없이
반대편을 등지고 있었을까요

나는 구분할 수 있었지만
그 사람이 나와 무슨 관계였을까
그걸 나만 알고 있다는 게 괴로워서
돌을 씹었어요

으스러지던 꿈속에서
깨어난 지 오래된 것 같은데

공원에 들어서는 사람들은 하나같이
그날그날 장바구니에 담긴 식료품처럼
익숙하지만 모르는 사람들뿐이에요

—

약속처럼 남자가
유아차를 두고 사라졌어요
그가 어디로 갔는지 궁금하진 않은데
분명 나와 상관없는 사람이었을 텐데

비어 있는 유아차 안에 들어가
평온한 잠에 빠져들기로 해요

어느 꿈속에서든지
벽을 열고 걸어 나오는 다리들을
모른 척하기로 다짐을 했는데

돌아왔다고 말해 주고 싶어서
나를 끌고 이동하는 감각이
공원을 배회하고 있어요

유실물

—

화재경보기가 울리고 있었는데
밖으로 나가고 싶지 않았다

누구든지 원래는
세상에 없었던 거라고 생각하며

노면에 주저앉아
울고 싶을 때가 많았지만

돌려주고 싶은 물건은
잘 간직하고 있었는데

초인종이 울리다가 미친 듯이
문을 두드리는 소리가 들려오면
나는 내가 미워지기 시작했다

밖으로 나가야 하는데
밖으로 나가지 않으면
다들 날 미워하게 될 텐데

—

입술에서 피가 나면
입술이 없다고 생각했다

그러면 다른 곳이
대신 아파해 주었다

내가 없다고 생각했는지
문밖으로 분주하게
계단을 내려가는 발소리가 들려왔다

물건을 잘 간직하고 있으면
언젠간 다시 돌려줄 수 있을 거라고
생각했는데

입술에서 피 맛이 났다
지금이라도 아파하기 시작하면
다들 아프지 않을 텐데

문밖에 당신이 있다는 걸 알고 있다
당신이 나에게 떠넘긴 슬픔이

내 안에서 체류 중이었다

내가 미움받는 게
당연한 세상이 있었다

건설적인 서정

당신을 데리고 욕조 앞에 섰다
잉걸불 같은 당신의 몸을 욕조 안으로 밀어 넣었다
당신이 나를 처음 보는 사람처럼 볼까 봐
욕조에서 벗어나는 수증기로 호흡했다

이제는 어른도 아이도 아닌
당신에게 세계 같은 걸 배웠는데
가령 시대정신이니 유물론이니
하는 것들 그런데

당신의 세계 절반 이상이
음침한 도시로 변했구나

뜻밖의 혼자인 당신도 모르게
당신의 도시에서 내가 추방되었을 때
결국에 당신은 왜
내게 서정을 가르친 게 되는 걸까

욕조에 곤히 잠겨 있는 당신의 몸에 비누칠을 했다
덤불처럼 불어나는 비누 거품 속에서

당신은 발음했다

포도와 오렌지와 망고 사이에서

당신이 식욕과 무관한
낙원의 열매를 발음하기 전까지
과즙처럼 흐르는
당신의 침을 닦아 주었는데

덤불 속에 손이 있었다
손을 잡아 올리자 옥상이 드러났다
난간에 기대 반대편 건물들을 바라봤다

그것을 세계라 부르려고 하면
입술보다 먼저 오므리는 서정이 있었다
발음되지 않아서
식욕과 무관한 침이 입안에 고였다

불 꺼진 도시의 일상이
계속되고 있었다

환절기

그대여 우리는 선분을 접고 있습니다
접을수록 늘어나는 면들의 안식은
감은 눈의 형식에 어울릴 겁니다

여기로 날아드는 철새들의
계절을 향한
맹목적인 추종의 역사를 알고 있습니까
아무것도 믿을 수 없어서
신을 믿게 된
어느 유신론자의 신앙처럼
그건 고독과 관련된 일일 겁니다

눈을 감으면 새로운 면이 생겨나고
그대여 밤과 낮이라는 양식은
어느 거대한 눈의 깜빡이는 과정입니까

계절은 그렇다면 새로 생겨나는
광대한 면들의 모서리로 완성되겠지요

우리는 분명 누군가의 생명을

—

똑같이 이어받은 것 같은데

우리가 접어 놓은 면들의 안식을
한 덩이 한 덩이 물고 먼저 날아가는
철새들이 보이십니까

여기 아닌 어디선가
새로운 계절이 완성되었나 봅니다

어쩌면 우리는 갈라서기 위해
선분을 접고 있었단 생각이 듭니다
그대여 눈을 감는다는 것은
눈이 사라진다는 것과 같습니까

그렇다면 감은 눈으로
떠나가는 것들을
붙잡으려 한다는 것은
영원히 고독한 작업이 아니겠습니까

—

놀이터를 향해

난동꾼처럼 우울을 집어삼키던 날들이었다
누가 다 취하고 간 음식물 찌꺼기를 먹는 듯했다

어딜 향하는지 모르겠지만
심장은 진물 같은 핏물만 느리게 뽑아내며
뛰고 있고

놀이터에서 놀다 돌아온 늦은 오후
냉장고에서 상한 우유를 꺼내 마셨다

아무도 나를 나무라지 않는 곳
더는 선택받고 싶지 않아서
내가 장소가 되는 곳

거기에서 내가 내 마음을 죽였다
사랑도 우정도 시도 무던히 완성시키고 싶어서
다른 사람에게 전해 듣는
너에 대한 이야기처럼

이번에도 웃어넘겼다

—

그러니 그늘지는 마음을
미안해하지 마

하늘에 맹세한 아이들의 수만큼
어린 유령들이 놀이터를 뛰어놀았는데
나는 한참 전에 빛이 비껴간
늙은 오후가 되어 있었다

거기에 네가 없다는 건
결여가 아니었다

폭죽이 터지는 도심의 축제는
멀리서 바라보는 사람에게도 한창이니까

내가 닿을 수 있는 가장 아름다운 빛
그곳에 네가 버젓이 있었다

꿈에서 만난 사람들끼리는
전염병을 옮기지 않지 않을까?

—

이번에는 네가 웃었다
오로지 기쁨으로만 존재하는

놀이터를 향해
우리가 함께 달려가고 있었다

종말이 정말로

마야력이 끝난 이후에도 우리는 썬루프를 열고 몸을 내밀 수 있었지 그렇지만 가드레일을 따라 달리며 델리네이터에 반사된 전조등 빛이 우리의 순간순간을 목격할 때

설득되지 않는 몽유병 환자의 발걸음처럼 갓길에서 비상등이 깜빡거리고 있었지 그 뒤에 차를 세우고 우리는 숨죽인 채 점멸하는 비상등을 쳐다보며 영화처럼 누군가가 등장하길 기다렸는데

야간 행군을 하는 군인들이 경광봉 불빛을 따라 흔들거리는 총기를 파지하고 사이드미러 옆을 스쳐 지나가고 있었다 긴 행렬이었고 긴 호흡이었고

네가 울음을 터뜨렸던가? 아니다 내가 울면서 너에게 전화를 걸었던가? 그런데 너는 언제부터 내 옆에 부재하고 있던 거지? 통화 연결음은 끊어지지 않고 계속 이어지고 나는

거리의 인파 속에서 커다란 전광판 앞에 앉아 광고 자막을 보고 있다 '전 세계인의 마음을 훔친 히트 상품! 올여름,

필수 아이템! 당신이 원하는 모든 것. 본 상품은 상기 이미지와 다를 수 있습니다.' 아니다 난 전 세계인과 달라 저런 이미지를 원하지 않아 중얼거리다가 불쑥 네가 생각이 나고 그럼 생각 속에서 우리는 한 번 더 만나면 되는데

사이드미러에 낙오한 군인이 누군가의 부축을 받으며 느릿느릿 걸어오는 모습이 비쳤다 통화 연결음은 끊어지지 않고 계속 이어지고 있었는데

있잖아 하고 네가 말을 걸어왔던가? 아니다 우리는 여느 종말론처럼 믿음 속에서 몽상 속에서

백 번을 만나면 백 번을 비껴갈 줄 알았다 비상등을 깜빡거리던 앰뷸런스가 낙오한 군인을 싣고 행렬에 합류하고 있었는데

많이 기다렸어?
나는 전광판에서 눈을 떼고
이번에는 우리의 종말이 정말로

제4부 우리는 우리를 마음껏 잊을 수 있다

헤이하이즈

네게 불확실한 기억을 만들어 주어도 괜찮겠니? 엄마에게 알코올 중독자라 했던 날이었던가, 엄마는 술병을 모아 판 돈으로 작은 상자를 선물해 주었어. 그 안에 무엇을 담아야 할지 몰라 한참을 들여다보고 있었는데 엄마가 사라졌다는 사실보다

여전히 상자 안에 무얼 담아야 할지 모르는 걸 곤란해하던 중에 널 가졌지. 초대한 적 없는데 네가 종이 인형처럼 몸을 접고 상자 안에 들어가 있었는데 그걸 귀속이라고 해도 좋을까. 무엇을 가진다는 것과 가지게 되는 것은 어떤 중량의 차이가 있는 걸까. 네가 들어 있는 상자를 들고

온종일 숲속을 누볐던가. 녹음이 지나치게 밝아서 모든 곳이 길이었다고 하면 믿을 수 있겠니? 널 여기에 펼쳐 놓으면 네가 요정이 되어 날아가거나 빛이 되어 숲의 일부분을 이루었을지도 몰랐을 텐데 하지만 기억을 어떤 식으로 기억해야

망각에 가까워질 수 있을까. 휘발되듯 사라졌던 엄마처럼 너를 망실할 수 있을까. 선물이 언제나 뜻밖이어서 널

갖고 싶지 않았다는 생각을 널 갖고 나서야 하게 되었을 때 네 생일은 단 한 번도 온 적이 없는데

엄마가 돌아오고 있다. 네가 보고 싶은 엄마는 조금씩 지워지며 돌아오고 있다. 기억나지 않으면 기억하지 않아도 괜찮다.

*헤이하이즈: 산아제한 기준을 어기고 낳아 출생신고를 하지 않은 호적이 없는 아이.

풀잎들

흠집 나지 않는 눈알은 없지 맹점에서라도 맺혀 살고 싶은 상(像)들에게도 이름이 필요할 거야 호명한다고 해서 나타나진 않더라도

곁을 지키고 있는 것들이 있어 그러니 가족이 없다는 건 감각일 뿐이지 친구의 친구와 친해지고 싶은 마음처럼 우리가 지금 없는 사람에 대해 말하고 있다 할지라도

날 볼 때마다 그 애가 그립다고 말해도 괜찮으니까 어서 와, 우리가 함께 등장하는 꿈이 시작되었어 꿈은 망각을 감각하는 공간 눈을 감으면 맹점에서부터 떠밀려 오는 것들에게

단 한 번도 잊어 본 적 없는 이름을 붙여 줄까 아니면 형체를 입고 나타난 그리움을 한 번 안아 볼까 꿈에서도 체온을 느낄 수 있다면 그럴 수만 있다면 우리가 외면할 수 없어서

상처가 난 눈알을 덮고 있는 눈꺼풀 위로 풀이 자랄 수도 있다 꿈에서의 일이 꿈에서 끝이 나지 않을 수도 있다 그

것마저 꿈이라고 우리가 여길 때

너희가 꿈으로 와 주었구나 말해 주는 음성이 곁에서 들려오니까

우린 우리를 마음껏 잊을 수 있다
나부끼는 풀잎들이 서로를 건드리는 감각 속에서

하이 볼

공을 들고 다녔어
언제 어디서 놓아주어도
팔다리 없이 떠나갈 수 있도록

공이 허공을 끌어안고 있는 자세라면
공을 품에 안고 있는
내 팔도 둘레를 가지게 되는 거겠지

아무 일도 일어나지 않아서
팔다리가 더는 쓸모없게 느껴지면
둘레에 깃털이 자라나기 시작하고

공을 끌어안고 있는 나를
끌어안은 또 다른 팔의
부드러운 감촉을 느껴 볼 수도 있겠지

그러니 언제 어디서 놓아주어도
우리에겐 퇴화한 팔다리로
온전한 팔다리를 붙잡으려는
관성만 남아 있을 뿐이어서

공이 새의 기낭이 되어
우리가 서로를 떠나가는 일 말고
함께 허공에 떠오르는 일이

하이 볼
일어날 수도 있을 테니까

공을 들고 다녔어
아무 일도 일어나지 않아서
일어나는 일도 있었어

유일무이

내 마음에만 내리는 줄 알았는데
온 세상에 눈이 쌓여 있었다

이불을 덮으면 덥고
맨몸으로 누워 있으면
사는 건 지겨운 일

나를 찾아오는 것들은 하나같이
끈적거리는 침을 흘리며
씹을 것을 찾곤 했다

그때마다 나는 절벽처럼
유일무이하고 싶다
유일무이하고 싶어

지겨운 사람들을
끝없이 지겨워했는데

오징어 다리를 뜯으며 너는
나에게 시간 따윈 쓸모없어 보이니까

—

내 시간을 가져다 쓴다고 했다

오래 살고 싶다면
그래도 되는 거야

누구도 날 평생 사랑해 줄 순 없는 것
온 세상이 눈에 덮여 있는데도
아무도 눈 속에 파묻혀 살고 싶진 않은 것

녹는 건 다 점성이 있어 보였지
일말의 감정 같은 것이
섞여 있을 테니까

내가 웃으면 너는 긴장을 했다
내가 행복을 말할까 봐

사람들이 한 가지 이야기만 하기 시작하면
세상은 무서워졌다

다들 눈이 오면 밖으로 나가

—

—

변명처럼 눈사람을 만들었다

잘못 만들어진 건 아무것도 없어
신이 기도를 들어주는 존재라면
신도 가끔 인간을 위해 기도를 할 거야
자신이 하는 기도를 들어주려고

그러니까 사는 건 지겨운 거다
세상이 단 한 사람이었다가
모든 것이 되어 버렸다는 게

네가 가져간 내 시간을
되돌려 받을 수 없다는 게

무슨 기도를 하든
신밖에 들어줄 수 없다는 게

침을 삼켰다

겨울이었고

—

눈에 파묻힌 마음속에

한 사람이 살고 있었다

폴터가이스트

아무 이유도 없이 죽게 되면 누가 내 죽음을 슬퍼하는지 시체 옆을 기웃거릴 거야 그러다 기뻐하는 사람을 발견하면 함께 기뻐할 줄도 알아야지 아, 하면 아, 하고 벌어지는 입으로 이곳이 내가 죽은 곳이자 살았던 곳이라고 당당하게 말할 거야 그게 자 없이 칼로 여러 번 그은

백지 같은 환청에 불과할지라도 물은 갈라도 물이고 종이는 접어도 종이일 테지만 내 목소리는 나아가며 다방면으로 출렁이는 소릿결이 될 테니까 수조 안의 생물과 수조의 막을 사이에 두고도

서로 다른 주파수로 대화가 가능해질 거야 그럼 지금이 우리가 일으킨 가장 어린 떨림이야 말해 줄 수 있겠지 소릿결이 닿을 때마다 기쁨도 슬픔도 삶도 죽음도 다 함께 출렁거리는

수면 위에서 실은 언제나 함께 있는 기분이야 고백할 수도 있겠지 그러니 내 죽음 따위 슬퍼하거나 기뻐하는 사람들의 매일 아침 인사가 비인칭을 지닌다고 할지라도

어디선가 계속해서 당도하는 떨림이 있어서 죽어서도 다가가고 싶은 막이 있을 거야 그럼 환각이어도 좋으니까 아주 잠깐 아무 이유 없이 좀비처럼 일어서는 육체를 가지게 될 거야 그 모습을 보고도 놀라지 않고 끝까지 말을 거는

가련한 생물을 그리워하게 되어서 그게 사인(死因)이 될까 봐 쓰러지는 자신의 육체를 끝없이 두드리는 영혼이 있을 거야

*폴터가이스트(poltergeist): 독일어로 '노크하다(polter)'와 '영혼(geist)'을 합친 단어로, 이유 없이 이상한 소리가 나거나 물체가 움직이는 현상을 뜻함.

춘곤증

쓰러진 것들을 다시 일으키려면
옆에 누워 있어 줄 수밖에 없었다

찬바람을 맞아도 나른했다
몸은 생활을 꿈속에서
이어 나가기로 한 것 같은데
눈은 감기려고 하지 않아서

아주 평온한 가위에 눌렸다
귀신도 깨우려고 보채지 않았다
물가에서 망설이는 물갈퀴처럼
철 지난 저항은 쓸모없었다

아름다운 저승에 대해 들어 본 적이 있다
그곳에선 귀신들도 종교를 가졌다
생전에 몸속 깊숙이 숨겨 두었던
알전구처럼 가난한 태양을 꺼내 들고
산 자들을 위해 기도를 한단다

그렇지만 우주를 유영하는 우주인이

—

지구에서 얼마나 멀어져야
우주인의 헬멧에 태양은
알전구만 한 크기로 와서 박힐까

쓰러진 것들 옆에 가까이 누워 있어도
나른해지는 건 여전히 내 몫이어서

가위에서 깨어난 줄도 모르고
오래 허공에다 발장구를 치고 있었다

—

침잠

소파에 앉아 있으면
누런 개가 옆에 엎드려 있고
결을 따라 쓰다듬으면 손에 빛이 들어
비늘처럼 반짝거리는 네가 보이고
아무 일도 일어나지 않았으면 싶은데

비를 피해 가게 천막으로 뛰어오는 너와
네가 일으킨 바람이 닿으며 침잠되는
습기가 있어서 조용히 손목을
핥아 주는 누런 개가 옆에 보이고

가게들이 있고 사람들이 우산을 들고
촛농처럼 흘러내리는 거리에 우리가 있고
나는 떠나야만 하는데
너는 떠나고 싶어 한다

우리의 망설임이 이렇게 다른데도
다음 천막까지 함께 뛰어갈 수 있을까
비가 그치자 소파는 젖어 가기 시작하고

교목성 파충류처럼 너의 손목을 잡으면
우리가 함께 키우던 누런 개의
컹컹 짖는 소리가 거리의 저편에서 들려오고

소파에서 누런 개와 눈을 맞추고 있으면
습기 머금은 손길이
내 머리를 쓰다듬어 주고 있는데

거리에 녹아 흐르던 촛농이
누운 사람의 형상으로 굳어 갈 때

아무 일도 일어나지 않았으면 싶은데
나는 젖은 소파 안으로 스며들어 가기 시작하고
누런 개가 다음 천막에서
우리를 향해 달려오고 있고

우리가 망설이며
함께 키운 일이 일어나고 있는데

너는 무엇으로 떠나고 있을까

떠날 수 있을까

내가 침잠되고 있는 저편에서
우리는 무엇으로 만나게 될까
다시 만날 수 있을까

그저 세상의 끝

주위에 나무 한 그루 없었는데
우리가 같은 신발을 신고
걷다 멈추면 매번 그늘 속이었다

가만히 있으면 옅어지는 그늘이
완전히 사라질까 봐
나는 다시 걷기로 했고

가로수 길을 통과하는 중에 양버즘나무와 느티나무의 그늘이 겹쳐도 어느 것 하나 시들지 않아서 그게 영원인 줄 알고 그 자리에 오래 서 있었다 우리가 걷고 걸어도 세상의 끝을 발견할 수 없어서 한쪽 눈을 감아도 세상이 반으로 쪼개지지 않아서 더는 무모해지기 싫어서 쓸모없는 신발도 벗어 던지고 몇 겹의 그늘 속에 숨어 지냈는데

일제히 가로수가 일렁거리며 그늘이 그늘을 밀어내기 시작하자 네 생각에 배후가 궁금해지는 것이었다 벗어 둔 신발도 찾지 못해 맨발로 가로수 길을 빠져나와 뒤를 돌아봤을 때

맨발인 두 사람이
등과 등을 마주하고 있었다

그림자와 그림자가 겹쳐도
음영이 짙어지지 않았다

서로 세상의 끝을 보고 있는 것처럼
누구도 돌아보는 일이 없었다

나는 흰 그늘 속에 숨어
두 사람을 지켜보고 있었다

허공의 집

네가 태어났을 때 너의 작은 몸을 기뻐해 주었던 눈길들 속에 나도 있었지 요람 안으로 잘게 부서져 쌓여 있던 목소리들이

너도 모르게 짓는 미소에 놀라 흩어질 때
너에게 해 주었던 이야기의 첫 문장이 떠올랐는데

웅성거리는 식당에 앉아 나는 메뉴판을 뒤적거리고 있다 이건 비싸고 이건 덜 비싸고 머릿속에선 차가 지나다닌다 클랙슨이 울리자 점원이 주문하시겠어요? 물어 오는데 잠시만요 생각 좀 할게요 생각을 조금만 더

병상 밖으로 나온 너의 늙은 손이 덜 핀 복사꽃처럼 연분홍으로 허공을 감싸고 있었어 그걸 지켜보던 모두가 눈길을 거두었는데

젖은 나무 위로 쌓이려는 눈송이처럼 허공을 베어 물고 희미해지는 웃음기가 있어서 나는 무슨 말이든지 너에게 건네려고 했었지

아주 옛날옛날에 도깨비가 살았어요
이건 내가 아이였을 때 할머니에게 들었던 이야기의 첫 문장

음식을 주문하고 메뉴판을 들고 가는 점원의 뒷모습을 보다가 나는 아무것도 놓여 있지 않은 식탁 위에 손을 올려 둔다 머릿속에선 차들이 신호에 걸린 듯 조용하고 식사를 마친 사람들이 우르르 식당을 나가고

네가 짓는 다른 표정들은 어땠을까 싶어 나는 허공에다 집을 짓고 있었지 언제든 네가 놀러 와 감싸고 있었던 허공을 이곳에 놓아주길 바라며

할머니 도깨비는 뭘 먹고 살아?
도깨비는 한생의 시작과 끝을 먹고 산단다

음식이 짜다 점원이 두고 간 계산서를 집으며 통유리 밖으로 차들이 지나가고 사람들이 지나가고 생각을 조금만 더

조금만 더 하다가

어젯밤 네가 빵을 들고 찾아와 내 꿈에 적셔 먹었어
이렇게 시작되는 이야기를 너에게 해 주었던 것 같은데

클랙슨이 울리고
꿈이 짤 것 같아 물을 많이 마시기로 했다

월동지

그 사람과 오랫동안 걸었다
내 눈동자에 찍히는 발자국이 무력했다

밥을 주고 쓰다듬어 주어도
길고양이는 울음을 멈추지 않았다

아직도 시를 쓰냐고 묻는 사람에게
요새는 꿈에서만 쓰고 있다고 대답했다

어느 한 시절이 월동지가 되기도 했다
숨소리가 십자가를 긋는 곳

추운 잠에서 깨어나면
무언가 썼다는 온기만 남았다

길고양이도 애절하게
누군가를 찾는 법을 알고 있었다

그 사람 오래전에 떠났는데
꿈에서 자주 만나게 되어서

안부를 묻지 않아도 되었다

함께 걸으면 다리는 아프지 않았는데
우리가 어디까지 걸을 수 있을까

길고양이 울음소리가
멀리서 들려오고 있었다

겨울에는
그 시절로 돌아가 시를 썼다

제5부 철골 같은 양각 문자를 문지르며

자유사격지대

내 마음을 아프게 한 사람이
다른 이유로 마음이 아프다고 한다

나는 마음이 아프고
그 사람도 마음이 아픈데

우리 사이에는 카우보이처럼
교전 거리가 생기고

권총집에 손을 올려 두는 마음과
열차의 창밖으로 빠르게 지나가는 풍경이

세상의 전부라고 느껴질 때
나는 차라리 혼자가 되고 싶다

여전히 내 마음을 아프게 하는 사람과
그 사람의 아픈 마음을 외면하려는 내가

교전을 하는 중이다

아픈 마음을
독차지할 때까지

지루한 교전을 하는 중이다

해후

어떤 마음은 쉽게 품을 수 있어 열망이 되었지

나는 밤의 도로 위에 토사물처럼 엎질러져 있다가도
저 멀리 어느 행성의 모래사장 위에
너의 이름을 적어 두고 싶은 마음으로 일어나서
그 자리에 구조물이 되었지

모종의 별빛들이 모여드는 중에
철골 같은 양각 문자를 문지르며
몇 번이고 만져지는 사랑의 언어를
외면할 수가 없었지만

사랑은 대상을 되찾을 수 있을 거라는
그 열망 때문에 늘 실패했지

이제는 어떻게 되든 상관없어
빛도 눈치를 보며 진입하는 곳에서

슬픔을 벗어나 무너져 내린 슬픔이 되어
등유를 붓고 점화되길 바라는 마음으로

어그러지는 두 불꽃 사이를 지나가고 있었지

열기가 닿을 때마다
슬픔이 한때 기쁨이었다는 통증까지도
슬픔의 소관이었는데

우리는 다른 행성에서 하는 사랑이었거나
사랑을 했기 때문에
다른 행성에 잠시 살고 있었던 거라고

오래전 사랑을 마친 행성의 빛들이
이곳에서 다시 만나고 있다고

다 불타 버리고 남은 잿더미 위에
이름을 적는 손가락이 있었지

테이블 데스

부채처럼 접힌 슬픔을 들고 네가 마루에 걸터앉아 있다 병을 얻은 후 병을 진전시킬 방법을 모색하는 사람이 되어 테이블 마운틴 위에 눕는 가지런한 구름을 바라보다가

휙, 슬픔을 펼치면 경로를 들킨 바람들이 구름을 밀어내고 있었다 떠날 곳을 배정해 주는 부력이 유령을 불러내어 테이블 위에 부유하고 있는 심장을 거두어 가길 바라고 있었는데

고독만이 너를 절개하고 들어가 마루에 걸터앉은 네 옆에 풍등처럼 떠 있다 너는 병이 영토를 가질 때까지

사람처럼 서 있는 장승을 생각했다 네가 유폐될 영혼의 껍데기를 생각했다 네가 있는 곳으로 몰려드는 유령들은 모두 낙인처럼 풍토병을 앓는 중이었는데

테이블 위의 심장을 향해 풍등처럼 밀려오는 구체적인 슬픔이 수술실의 지형을 바꾸고 있다

곧 망령들이 일어나 너의 병을 낙인처럼 앓고 있는 유령

들을 수거해 갈 것이다 바람의 종착지인 이 영토에서

사람들이 네 영혼을 심장에서 꺼내어 풍등처럼 띄워 보고 있다

섬은 바다의 마음

나를 건드리고 돌아서는 빛이 있었지
돌아섰는데도 빛이 나는 빛

등지지 않고도 멀어지는 것들은
나를 그리워하는 것만 같았지

섬에서 벗어나는 선박을 쫓는 갈매기들이
바다에 길드는 방식처럼
집요하게 떠나는 건 나였는데
섬이 나에게서 멀어지고 있었다

그런 건 모두 별이 되었지
조금 더 가까이 가면
분진이 되어 흩어질 것 같아서
그 자리를 지키게 되는

그래서 우리가 닿을 수 없는 건
빛이라는 긴 줄을 쥐고
서로를 놓지 않고 있었기 때문에

이 해역에는 정박할 곳이 없어서
섬을 놓아줄 수가 없고

지키고 싶은 게 있다는 건
줄이 끊어질 때까지
장력을 버티는 일이겠지만

바다 안개에 섬이 가려지고
빛의 끈이 느슨해지면

등지지 못해서 빛나던 것들을
그물처럼 감아올려야 했지

잡을 수 있을 것만 같은
빛을 신기루라고 하던데

한 뭉치의 별을 안고 있으면
섬은 바다의 마음

나도 그리움이 무엇인지

알 것만 같았지

투광층

지구의 둘레는 사만 칠십오 킬로미터 다들 그 안에서 무엇과 싸우고 있는 걸까 내 것 아닌 숨소리가 들려올 때면 오래 살고 싶어서 손금을 그었는데

낮게 나는 새들이 점하는 위치에서 발견할 수 있는 것들 무덤의 높이만큼 사라지지 않는 인기척과 흐물거리는 관족으로 흙바닥을 이동하는 불가사리 같은 생애 하지만 허공을 쥐어 잡을 수 없다는 건 숨소리가 들려와도 말 한마디 건네지 못하는 슬픔과 같아서

너는 무엇과 싸우고 있니 널 생각하는 시간들이 각질처럼 떨어지고 있는데 심해 거대증으로 비대해진 생물처럼 숨소리가 투광층에서 거대한 공기 방울로 머무르고 있을 때

나는 숨을 쉬고 있습니다 내 말들은 실체가 없습니다 만질 수도 없고 만져서도 안 되지요 만질 수 있다면 그건 폐교된 학교의 텅 빈 복도처럼 통과해도 달라지지 않는 기류에 가까울 테지만 빛은 들고 있어서

나는 유리로 된 문을 볼 때마다 지문을 남겼다 손바닥을

갖다 대고 오래 살고 싶다고 손금을 보여 주었다 사진사가 뷰파인더로 나를 보며 웃으세요 웃어 보세요 웃어 봐요 좀 웃으라니까요! 화를 낼 때까지

싸우듯이 빛을 응시했습니다 그러다 빛이 사라질지 몰라 웃었습니다 웃으면 더 잘 보이는 얼굴의 둘레가 있었습니다 빛이 어루만지지 않아도 함께 웃어 주는 얼굴이 있었습니다

오래 살다 보면 너를 닮은 슬픔과 싸우다가도 가끔은 웃어 볼 수 있을 것 같았다

깡통 차기

아이가 어항에 물고기 밥을 털어 넣는다 나도 눈을 감았다 뜨며 물고기들의 식사를 흉내 냈는데 배는 고프고 어항에 비친 아이는 나를 쳐다보고 있고 나는 흩어지기 쉽고 모이기도 쉬운 물고기들과

깡통 차기를 하고 싶은 걸 어떡하지 낙엽 위에 쌓이는 낙엽이 죽음을 덮어 주는 죽음이라면 자루에 죽음들을 쓸어 담는 풍경도 있으니까

뻥! 차고 흩어지고 싶은 충동이 드는 걸 어떡하지 들키지 않으려고 숨는 게 아니라 다시 한번 차고 싶어서 나는 어항에 비친 아이를 쳐다봤는데 아이는 흩어지기 쉽고 모이기도 쉬운 물고기들에게

밥을 주네 어항에 밥이 만나처럼 내리네 은신처에 숨어 있던 물고기들도 나와서 밥을 먹고 있는데 나는

아이를 데리고 바다에 놀러 가 그곳에 모여 있는 사람들을 보여 주고 싶은 걸 어떡하지 여기에도 밥을 줄 수 있느냐고 이 바다에도 밥을 줄 수 있느냐고

깡통처럼 외치면 흩어지는 사람들이 있는 해변에서
아이와 빈 자루에 아무것도 담지 않고 돌아오고 싶은 걸
어떡하지

하지만 나는 배가 고프고
밥을 다 준 아이가 바깥에서 낙엽을 줍고 있다
그 위로 낙엽이 떨어지고 있다

또

기적이 일어났으면 해서
신호가 바뀌어도 건너지 않았다
전봇대에 붙어 있는 전단지처럼
뜯겨 가면 그만인 마음으로
믿었던 것들을 다시 믿었다

건물이 무너지면 더 이상
건물이 아니게 되는 것처럼
기적도 일어나게 되면
더는 기적이 아닌 걸까

구름이 조금 더 머리 위를
머물다 갔으면 좋겠는데
횡단보도를 건너고 있었다

옆모습을 노출한 차량들이 달려가며
정면을 들이받고 지나가도
하나도 아프지 않았는데
살아 있다는 건
잘 믿기지 않아서

—

초록불이 깜빡거리다가
빨간불이 되는 게 아니라
사람이 사라졌으니까
사람을 기다리는 거라 믿었다

기다리는 일이 망설이는 일이 될까 봐
소식을 듣고도 소문을 들었다고 믿었다

기적이 일어나지 않아서
기적이 일어난 거라 믿었다

뜯겨 나간 마음으로도
믿었던 것들을 다시 믿을 수 있으니까

또
살아서 집에 돌아와 있었다

—

계절감

우듬지에서 새들이 피부의 버짐처럼 일어나 흩어지는 모습을 지켜보고 있었지 번지 점프대에 올라 어딘가에 연결되어 있을 거란 믿음으로 뛰어내려

펄럭이는 옷으로 계절감을 느껴 보고 싶었는데 나는 아무것도 걸치지 않은 것 같아 머리만 분리된 채 얼마간 살고 있는 기분이었지 많은 것들이 몸이 되어 줄 수 있을지도 모른다는 생각만 하고 또 하면서

나를 찾는 소식에도 거주를 밝힐 수 없었던 건 시간을 주소로 사용하고 있었기 때문이었지 내가 너무 오래 살고 있다는 생각이 두족류의 행동반경을 설명할 수는 없겠지만

그늘을 형성하는 계절을 친애하는 중에 나도 무수한 삶에 연관되어 있는 듯했지 이소를 준비하는 어린 새들의 추락과 나에게서 찢어져 나가는 생각들이 뒤도 돌아보지 않고 날 떠나가고 있을 때

난 너무 오래 많은 것들과 함께 살고 있었구나 그러면 나도 자연의 일부라는 말이 좋아서 숲이 어느 광활한 두상에

만들어진 터전일 거라고 생각했지 다음 계절을 향해 움직이는 커다란 생각 안에 살고 있다고 믿으면서

나는 이제 생각을 그만두고 말을 하기 시작해
오래전 나의 몸이었던 것들의 피부에 닿으려고

퇴거

베개에 거미가 말라 죽어 있었다
내가 늦게 발견한 것인지
아니면 하루 사이 말라 버린 것인지

타이머를 맞추어도 멈추지 않고
선풍기는 돌아가고 있었다
죽음을 생각하고 싶지는 않았다

생각하고 싶지 않았는데
생각 하나가 옷을 주섬주섬 입고
집을 나설 준비를 하고 있었다

함께 산책이라도 나갈까 싶었지만
이 집도 이제 비워 주어야 할 텐데
나갔다 돌아오지 못하면 어떡하지

그런 생각을 오랫동안 해 온 것처럼
드디어 선풍기가 멈추었을 때
시간이 다 되었다는 걸 알았다

나는 무엇을 기다리고 있었던 것일까
기다린다고 돌아오기는 하는 것일까
무엇이 무엇을 무엇 때문에

죽음이 곡괭이를 들고 찾아왔다
그래도 이 집에서 먹고살았으니까
두 손을 밥그릇처럼 내밀었다

먹고산 만큼만 구걸을 하면
좀 더 먹고살 수 있을까
그러다 죽음이 나를 내려찍으면
다신 먹고살고 싶지 않게 될까

죽음을 생각하고 싶지는 않았는데
거미는 몸을 두고 어디로 가 버린 것일까

집을 나갔다 돌아온 생각 하나가
죽음에게 곡괭이를 건네받았다

집을 비워 줄 때가 되었다는 생각을

생각 앞에서 하고 있었다

쌍두사

침울한 숲이 울창하구나 얘야, 우린 같은 불행을 공유하고 있구나 이 숲을 벗어나려면 슬픔도 보폭을 가지지 않으면 안 되겠지 발을 가지고 싶어 하는 나무들도 이곳엔 있을 거란다 낙과처럼 떨어지는 밤이 길을 뭉개며 지우기 전에 우리 갈림길이 나오거든 갈라서기로 하자 각자의 집으로 돌아가 저녁을 먹자구나 누가 먼저 음식을 삼키든 우리의 배 속은 일렬로 만족스러울 거란다 얘야, 고목들이 바람을 빌려 불행을 저울질하더라도 걸음을 멈추어선 안 된단다 이 숲을 이루는 건 모두 적막을 실토한 것들이므로 얘야, 있어야 할 것들이 없다는 건 네 불행이 아니라 우리의 불행이란다 그러니 비밀이 몸 한구석에서 영롱하더라도 부끄러워할 필요 없단다 그런데 갈림길은 나오지 않고 우린 숲의 출구에 도착하고 말았구나 우리는 같은 불행을 공유하고 있었던 게 아니라 서로의 불행을 슬퍼하다가 함께 걸을 발이 생긴 거였구나 숲 밖의 밤은 완연하고 우리 함께 돌아갈 곳을 찾자구나 얘야, 지금부터 우리의 불행이 닮아 가기 시작하겠구나

웃음 배우기

사랑은 반환된 편지

어떤 말을 적었는지 떠올리기 전에
고양이처럼 감정이 먼저 돌아와
몸을 비비는 일이었지

바깥은 화창한 날씨
온화하다는 게 무엇인지
알고 싶어서 목을 들이밀었던 창가

나를 잊으려는 삶이 있다는 걸
부지런히 슬퍼하면서

친구들과는 친구들과의 일을 해야지
폭식과 폭음과 폭소 사이에서
버러지 같은 웃음 배우기

잘려 나간 목이
창가 아래로 추락을 해도

잊은 듯하면 잊은 적 없다는 듯이
돌아오는 화창한
나의 일부

내가 지어 볼 수 있는
유일한 날씨

노이즈 캔슬링

주머니가 모자라서 내가 주머니 안으로 들어왔습니다 열차 소리가 멀어지고 가수의 목소리가 등장합니다 나와 무관해지는 풍경이 꿈에서 핸드폰으로 사진을 찍어도

깨어나면 사진이 저장되어 있지 않은 앨범을 들여다보는 것 같습니다 나는 주머니 안에서 차창 밖으로 도심의 불빛들이 점점이 지나쳐 가고 그걸 바라보는 승객들 몇이 있는 장면을 상상해 보고 있습니다

보이지 않는 가수는 달콤한 목소리를 가졌습니다 나는 맛볼 수 있을까 싶다가도 옆자리에서 일어나는 사람을 금방 잊어버리게 되는 것처럼

주머니가 모자라서 집으로 가져갈 수 없는 것들이 많다는 걸 알게 됩니다 소리는 무게가 없지만 소리를 듣고 있는 사람을 붙드는 힘은 있어서 소음들이 주머니 안을 떠돌고 있습니다

가수는 소음들에 개의치 않고 노래를 완벽하게 부르고 사라집니다 마지막 곡이었는지 목소리가 더는 들려오지

않고 나는 달콤한 꿈속의 막바지에서 자신을 사진으로 남기려고

셀프 카메라를 찍어 보는 일처럼 나와 무관한 사람이 되어 갑니다
기침 소리처럼 한 번쯤 들어 본 적 있는 소음이 되어 갑니다

주머니 안에서 나를 꺼내려던 손이
무엇을 잃어버렸는지 알 수 없어서
내가 사라진 풍경을 더듬어 보고 있습니다

사소하지만 찬란해서 새들한 이방인의 언어

문종필(문학평론가)

내가 내 삶을 저질렀다는 사실을 받아들이면서
시는 시작되었다.[1]

한 문장

이기현 시인의 시작은 어디서부터 시작되었을까. 시가 대체 무엇이길래 이 문장은 시의 시작을 이야기하는 것일까. 이 물음은 무슨 이유로 우리에게 관심의 대상이 되는가. 어쩌면 이 질문은 작가 탄생 서사와 밀접하게 연결되어 있어서 우리를 더욱 흥미롭게 하는지 모른다. 새로운 시인의 탄생은 그 누구도 주목하지 않는 이 세계에 활기를 불어넣어 줄 수 있는 신선한 바람이니까. 그렇다면 그의 서사는 아름다운가. 더러운가. 지겨운가. 고역스러운가. 역겨운가. 더운 날씨의 온도를 지녔는가. 차가운 언어를 품었는가. 축축한 습지의 언어를 가슴에 안고 있는가. 이 질

---

1 이기현, 「시작을 위한 메모」, 『활자낭독공간』, 공통점, 2022, 31쪽.

문에 대한 나의 대답은 이렇다. 그가 구축하고 탐험하고자 했던 장소(공간)는 축축한 액체로 이뤄져 있을 뿐만 아니라, 잘 잡히지 않는 수증기의 운동성과 진득진득해서 떨어지지 않는 끈끈하고 찜찜한 습기의 언어와 닮아 있다고 말이다. 이기현의 언어는 움직이고 움직이고 또다시 움직이는 물의 속성처럼 한곳에 정착하지 못하는, 정착하지 않으려고 애쓰는 외롭고 높고 쓸쓸한 이방인의 태도와 닮았다. 형식적인 측면에서도 구름의 보폭을 운용한다. 구름처럼 자유롭게 원고지를 넘나드는 시의 형식이 그렇고, 이런 형식과 맞물려 펼쳐지는 내용이 그렇다. 그러니 구름의 발걸음과 어울리는 적적한 형식을 담아냈다고 볼 수 있다. 그렇다고 해서 그가 환유의 세계관을 가지고 있는 것은 아니다. 의도적인 환유라기보다는 삶 자체에서 피어오르는 것. 즉, 중력을 거스르는 담배 연기다. 이것은 바람의 속성과는 또 다르다. 이 바람은 세계를 돌고 우주를 돌고 사람과 사람의 마음을 비집고 들어가 내장을 탐험하고 위를 탐험하고 창자를 유쾌하게 통과할 수 있으니 어디든 갈 수 있는 자유로운 바람이다. 하지만 이런 유쾌함은 그가 그리고자 하는 주된 정서가 아니다. 오히려 어디서든 외면당해야 했던 조커의 옷깃에 매달린 그림자[2]와 닮았다. 그러니 그

---

2 토드 필립스 감독의 영화 「Joker: Folie a Deux」(2024)의 도입 부분은 주인공 아서 플렉과 분리된 그림자가 등장한다. 이 영화는 그림자 효과를 통해 자신과 분리된 또 다른 자아를 효과적으로 부각시켰다. 하지만 이기현 시인의 시를 이야기하는 자리에서 사용한 '그림자'는 이 의미와는 다르다. 자신의 의도와 빗나가는 어긋남의 성질을 담아내기 위해 사용되었다.

의 문장과 시를 탐독하는 행위는 관계 속에서 틀어진, 기댈 것이 현실이 아닌 환상이라고 믿는, 가엽고 가진 것 없는 무명 시인의 목소리겠다. 그러나 그의 언어가 이런 분위기와 미감을 가졌다고 해서 그에게 희망이 없다든지, 무기력하다든지, 쓸쓸해 보인다든지, 그런 쓸데없는 시선을 보내서는 안 된다. 그에게는 긍지가 있다. 만약 독자들이 그렇게 마음먹기로 했다면 폭력을 이행하는 것이나 다름없다. 맥락을 전혀 고려하지 않았으니까. 맥락을 고려하지 않은 연민은 어리석은 폭력이니까. 오히려 그의 진가는 지배적인 정서와는 이질적인 소수의 작품에 담겨 있다고 생각한다. 여기서 진가라는 것은 그가 정말로 희망하고자 하는 바람이다. 현실에서 쓰러졌지만 위로받거나 일어나고 싶은 바람 말이다. 그러니 표면적인 언어로 사람과 시대를 함부로 판단하지 마라. 살갗의 언어에는 영혼이 담겨 있으니 언어에 묻은 구체적인 주름과 그 이면에 숨겨진 진실에 귀 기울여라. 물론, 누군가에게 이 '진가'는 왜곡되기도 하겠다. 왜곡되어서 한 마리의 흉측한 괴물이 되기도 하겠다. 그는 사람을 속이고 시를 속이고 자신을 속인다.

다르지만 비슷한 통점(痛點)을 가진 문학 동인(同人) '공통점'에서 기획한 『활자낭독공간』에서는 시인의 목소리가 QR(Quick Response) 코드로 숨겨져 있다. 그는 여기서 시 창작과 관련해 짧지만 적적한 언어로 자신의 시 창작 행위와 목소리를 적어 놓았다. 그중 "내가 내 삶을 저질렀다는 사실을 받아들이면서 시는 시작되었다"는 문장이 눈에 들어

온다. 멈추어서 고민하게 되는 부분은 '저지르다'라는 동사다. 문맥상 '죄'와 '잘못'으로 읽히는 이 동사가 이 문장을 밀고 나가니 그의 '죄'와 '잘못'이 무엇인지 헤아리는 것은 흥미로운 일이다. 하지만 그의 시집을 읽고 난 후 드는 생각은 그가 지은 '죄'로 인해 괴로워하는 것이 아니라, '잘못'으로 '죄'를 떠안을 수밖에 없는 한 명의 가여운 영혼이라는 것이다. 그렇다면 가여운 이 영혼의 정체(잘못)는 무엇일까. 「시」(2010)에 등장하는 양미자처럼 손자의 '죄'를 온전히 떠안은 채, 아픈 영혼에게 용서를 구하는 목소리일까. 「지니어스」(2017)처럼 시인임을 숨기고 폭발적으로 소설을 완성하는 토마스 울프의 재즈 음악과 같은 선율일까. 「한강에게」(2019)처럼 사랑하는 '길우'를 사고로 떠나보낸 후 그의 부재를 시로 채워야 하는 고통의 시간일까. 「시인 할매」(2019)처럼 힘든 시절을 통과한 후, 황혼에 이르러서야 한과 인생을 풀어내는 목소리일까. 「패터슨」(2017)처럼 매일매일 반복되는 일상에서 '차이'를 찾아내는 놀라운 사건의 일상일까. 우리는 이런 표정 전부를 영혼의 목소리라고 부를 수 있다. 언어 중에 최전선의 언어를 찾으려는 것이 아니라면, 좋은 시와 덜 좋은 시를 판단하려는 무게를 조금 덜어 낸다면, 소중하지 않은 목소리는 없다. 이기현 시인의 언어도 크게 다르지 않다. 그의 언어 역시 수많은 영혼의 목소리 중의 하나이다. 그렇다면 그의 언어는 무엇이 특별할까. 그만이 가지고 있는 '개성'과 '차이'는 무엇일까. 모두가 예술가인 이 시대에, 누구나 시인인 이 시대에, 누구나 창작자인 이 시대에, 그만이 가지고 있는 '차이'는 무엇일까. 나는 이 질문에 대해서 서두에서 타인에게 밀려난 '습기의 언어'라고 진술한 바 있다. 차가운 물이 손과 발과 가슴에 번지듯이 눅눅한 방식으로, 축축한 방식으로, 언어가 다가온다고 이야기했다. 끊어지거나 이미 끊어져서 닿을 수 없는 틈을 극복하려는 감정이 스며든다고 적었다. 그렇게 느끼지 않는 독자들도 있겠지만 습기가 마를 때까지 우리는 벌어진 간격을 지켜보게 된다. 인위적일지라도 인위적이지 않고, 의도적일지라도 의도적이지 않으면서, 과장일지라도 과장이 아닌 모습으로 살결에 스며든다. 그가 시집 속에서 바라보고 걷고 산책하며 응시하는 공간 역시 종종 물로 흠뻑 젖어 있기도 하다. 시인은 소통할 수 있는 언어로 독자들에게 새들하지만, 축축한 언어로 차분하게 다가간다. 그렇다면 원인은 무엇일까. 왜 그는 이런 언어를 쓰게 되었을까. 그가 저지른 잘못은 무엇이며 이로 감각하게 되는 '죄'의 형태는 무엇일까. 이 질문에 답해 보려고 한다.

시 쓰는 이유

그 누구도 쓰는 것이 쉽다고는 말하지 못할 것이다. 이 행위는 노력으로 되는 것일 수도 있지만, 인생이 그렇듯이 시는 노력만으로 구성되지는 않는다. 어떤 노력이냐에 따라 다르겠지만, 삶이 부재된 노력파 시인은 멋이 없다. 그에게는 하고 싶은 말보다는 '시인'이라는 기표가 더 중요하기 때문이다. 그래서 첫 번째도 삶, 두 번째도 삶인 것이다. 시는 삶이 받쳐 주지 않으면 건방져진다. 역이라면 건강해진다. 젊은 시인도 마찬가지다. 그에게는 '투광층'을 이야기하는 시가 있다. 투광층은 바닷속 물고기들이 햇빛을 감각할 수 있는 깊이를 의미한다. 그러니 이 작품은 깊은 바다에 사는 바닷물고기의 목소리겠다. 물론, 바닷물고기에 대한 백과사전적 내용은 아니다. 시인은 바다에 사는 물고기를 통해 자신의 목소리를 침투시킨다. 이 과정에서 흘러나온 말은 "*나는 숨을 쉬고 있습니다 내 말들은 실체가 없습니다 만질 수도 없고 만져서도 안 되지요 만질 수 있다면 그건 폐교된 학교의 텅 빈 복도처럼 통과해도 달라지지 않는 기류*"라는 것이다(「투광층」). 숨을 쉬고 있지만, 실체가 없다는 말은 누군가가 구체적으로 만질 수 없다는 말일 테다. 그런데 이 만질 수 없음이 닿을 수 없는 대상에 대한 간절함으로 번역되기도 한다. 무엇인가 고독한 언어이니 함부로 만지지 말아 달라는 부탁의 의미가 내포되어 있다. 그만큼 소중하다는 말일 테다. 이처럼 그는 자신의 슬픔과 경험을 부정하면서 표면에 드러내 보인다. 부정이라기보다는 체념에 가까운 견딤의 형태로 감정을 숨긴 채 표면에 드러내는 방식일 테다. **닿고자 하는 시 쓰기 태도는 이기현 시인의 특징 중 하나다.** 여기서 또 다른 특징 한 가지를 더 생각해야 한다. 앞서 이야기한 것처럼 그의 시가 습기의 언어를 닮았다는 것은 행동의 영역이기도 하지만, **물리적으로 구체적인 바다를 경유하기 때문이기도 하다.** 시인이 거주하는 공간 자체가 이런 물리적 위치를 무의식적으로 덧씌웠을 확률이 높다. 정확히는 알 수 없지만, 창작자가 접할 수 있는 환경이 바다이며 물이며 섬이며 섬에 있는 갈매기들이라는 점은 습기의 공간성을 생각나게 한다. 시인은 이런 흔적에 쉽게 노출되어 있었고, 이러한 세계관은 창작하는 데 있어서 시인에게 구체적인 장소를 제공했을 것이다.

그는 섬에서 섬을 벗어나려고 한다. 그러니까 한반도에서 한반도보다 작은 이웃 섬으로 바람을 만나러 또는 휴식하기 위해 섬으로 향한다. 갈매기들이 하늘을 배회하는 섬에 가 본 사람은 감각적으로 알 수 있다. "섬에서 벗어나는 선박을 쫓는 갈매기들"이 어떤 표정을 짓는지 말이다(「섬은 바다의 마음」). 시인은 이런 풍경을 보면서 단순한 감상에 빠지는 것이 아니라, 끊어질 수 없는 운명이라든지, 관계라든지, 소중한 숨결이라든지, 인간관계의 끈 같은 것을 떠올린다. 끈에서 한정하는 것이 아니라 못 박힌 줄처럼 '중심'에서 벗어나려는 성질과 이로 인해 발생하는 반작용으로 표현되는 간절함을 동시에 담아낸다. 정서적인 측면에서 그것은 '그리움'의 일종일 수도 있겠다. 시인은 이러한 발자취를 은유와 비유와 상징의 이미지로 그려 내면서 떠날 수밖에 없는 인간의 운명과 운명에서 발생하는 간절함과 그리움을 담아 놓는 듯도 하다. 그렇다면 그가 그리워하는 것(곳)은 무엇일까. "나를 찾는 소식에도 거주를 밝힐 수 없었던 건 시간을 주소로 사용하고 있었기 때문"이라고 말했을 때(「계절감」), 왜 하필 '장소'는 사라지고 시간만이 남는 것일까. 과학의 세계관에서는 너무나 당연한 이 목소리가 애절하게 느껴지는 것은 무엇일까. 그리고 무슨 이유로 그는 장소가 사라진 '시간'만을 흠모하는 것일까. 이 과정에서 놓쳤던 과거의 것들을 다시 붙잡으려는 이유는 무엇일까. 그것은 이상향일까. 닿을 수 없는 유토피아일까. "감은 눈으로/떠나가는 것들을/붙잡으려 한다는 것은/영원히 고독한 작업"이라면(「환절기」) 고통스러운 이 작업을 마다하지 않는 이유는 무엇일까. **이런 모호성을 즐기는 것은 이기현 시인의 시집을 즐겁게 탐닉하는 하나의 방법이다.** 우연인지는 모르겠지만, **그의 작품에서는 닿을 수 없는 존재에 대한 화자의 마음과 닿고자 하는 화자의 마음이 차이를 동반한 채 힘차게 반복된다.** 이 지점 역시 이 시집을 즐기는데 놓치지 말아야 할 부분이다. 그렇다면 독자들은 나에게 그의 시집을 먼저 읽은 독자로서 시인이 궁극적으로 도착하고자 했던 장소가 어디인지 물을 수 있다. 그런데 중요한 것은 그가 그곳에 도착했는지, 안식을 찾았는지 헤아려보는 것은 그다지 생산적이지 않다는 것이다. 물론, **이 사실이 흥미로울 수 있겠지만, 이보다는 시인이 언어 작업을 통해 고독하고 외로운 이곳의 풍경을 어떻게 쏟아 내고 있느냐에 더 애정을 가져야 한다는 것이다.** 이것을 지켜보는 것만으로도 우리는 충분히 언어의 아름다움을 즐길 수 있다. 여러 예술 중, 국밥 한 그릇 가격에 이런 '놀이'와 '즐거움'을 느낄 수 있는 것은 별로 없다는 점에서 독자들에게 이기현 시인의 이 행보를 오래도록 지켜봐 줄 것을 부탁드린다.

더불어 그의 작품에서 '꿈' 이미지도 지속해서 반복되는 것이 흥미롭다. '꿈'은 무엇일까. 억압된 것은 회귀한다는 프로이트의 이론을 참고하지 않아도 꿈의 공간은 '은유'의 세계로 구성되어 있다는 것을 모르는 사람은 없을 것이다. 그러니까 꿈이라고 하는 것은 현실에서 불가능한 것들이 과장되고 왜곡된 형태로 활발히 펼쳐지는 역동적인 공간인 것이다. 그리고 이런 공간을 이기현 시인이 자주 활용한다는 것은 현실에서 그가 힘겹게 틀어지고 있다는 것을 증명한다. 따라서 이런 꿈은 희망이 아니며 바람도 아니다. 견디기 어려운 상황일 수 있고, 무조건 버텨야 하는 절박함일 수 있다. 가위와 같은 신체적인 경험일 수도 있지만, 꿈은 꿈의 형태로 현실을 침범한다. 그 역도 충분히 가능하다. 꿈이 현실이 되고 현실이 꿈이 되기도 한다. 그것은 "불면 중에도 몸 안에서 진행되는 꿈"의 형태이기도 하고(「처단의 밤」), 꿈에서 만난 사람들임에도 불구하고 "전염병"을 옮기게 될까 봐 걱정하는 시적 주체의 불안이기도 하다(「놀이터를 향해」). 그렇다면 시인은 무슨 이유로 현실과 꿈 '사이'에서 방황하고 있는 것일까. 꿈의 공간이 유일한 탈출구라는 점에서 그곳에서 안위를 탐했으나, 이것마저도 온전히 지켜지지 못하는 지독하고 고독한 현실 때문일까. 아니면 현실에서 탈출하기 위해 만들어 놓은 이상적인 공간에 진입하기 위한 시인의 간절한 노력이자 언어적 실험일까. 다양한 측면을 생각할 수 있겠으나 아무래도 그가 현실에서 발을 떼려고 했던 이유는 특별한 것이 아닐 것이다. 그러나 아주 작은 이 '사소함'이 무엇보다도 소중하고 특별한 경험으로 돌변하기도 한다. 이런 사소함이 문학을 위대하게 만든다. 시인은 불가능한 현실을 환상에서 성공시키려고 했기 때문에 시인의 시 쓰기가 시작된 것인지 모른다. **그의 시편에서 확인할 수 있는 '관계'의 틀어짐 역시 이를 복원하기 위한 시인의 간절한 몸부림일 수 있다. 그는 이 과정을 언어로 시로 밀고 또 민다.** 이 지점도 독자들이 눈여겨봐야 할 지점이다. "그래도 당신과 있어서/한때 아름다웠던 나"를 위해 '아름다움'과 그 시절 그 '때'를 잊지 않고 찾으려고 하고(「자애의 흔적」), "오래 슬픔을 솎아 내다 보면/어엿한 추억이 되어 반짝이곤" 했다는 믿음 속에서 별처럼 빛나는 '반짝'이던 순간에 닿으려고 한다(「미래의 종」). 무너지지 않은 벽을 향해 "그곳에 마구 공"을 던져 어떻게 해서라도 가 보려고 애쓴다(「선고」). 이 행보가 불가능할지라도 시인은 그에게, 당신에게, 너에게, 그녀에게, 그들에게, 사물에게 향한다. 이 시집은 이런 지극히 사소하지만 애절한 실패의 기록들로 가득 채워져 있다. "뜯겨 나간 마음으로도/믿었던 것들을 다시 믿을 수 있으니까//또/살아서 집에 돌아"왔다는 고백처럼(「또」), 우리는 이기현 시인이 세상을 향해 돌파하려고 했던 열정적인 노력에도 관심을 두고 지켜봐야 한다. 이러한 맥락에서 칠흑처럼 떠오르는 시 한 편을 읽어 보자.

흠집 나지 않는 눈알은 없지 맹점에서라도 맺혀 살고 싶은 상(像)들에게도 이름이 필요할 거야 호명한다고 해서 나타나진 않더라도

곁을 지키고 있는 것들이 있어 그러니 가족이 없다는 건 감각일 뿐이지 친구의 친구와 친해지고 싶은 마음처럼 우리가 지금 없는 사람에 대해 말하고 있다 할지라도

날 볼 때마다 그 애가 그립다고 말해도 괜찮으니까 어서 와, 우리가 함께 등장하는 꿈이 시작되었어 꿈은 망각을 감각하는 공간 눈을 감으면 맹점에서부터 떠밀려 오는 것들에게

단 한 번도 잊어 본 적 없는 이름을 붙여 줄까 아니면 형체를 입고 나타난 그리움을 한 번 안아 볼까 꿈에서도 체온을 느낄 수 있다면 그럴 수만 있다면 우리가 외면할 수 없어서

상처가 난 눈알을 덮고 있는 눈꺼풀 위로 풀이 자랄 수도 있다 꿈에서의 일이 꿈에서 끝이 나지 않을 수도 있다 그것마저 꿈이라고 우리가 여길 때

너희가 꿈으로 와 주었구나 말해 주는 음성이 곁에서 들려오니까

우린 우리를 마음껏 잊을 수 있다

나부끼는 풀잎들이 서로를 건드리는 감각 속에서

—「풀잎들」 전문

개인적인 생각일 수 있으나, 이 작품은 그의 시집에 섞여 있는 여러 시편과는 결이 조금 다르다고 생각한다. 내가 다르다고 말하는 것은 시인의 시집에서 느낄 수 있는 불안이 여전히 지속되지만, 이 감정이 지속되는 것에서 끝나는 것이 아니라 유보된 채 다른 방향으로 흘러가기도 하기 때문이다. 늘 그의 곁에는 분리되거나 헤어지거나 서로 뒤돌거나 어긋나는 이미지가 자주 등장했다면 이 시는 미감이 조금 다르다. 꿈과 현실을 혼동하며 망설이지만, 망설임 속에 불안을 깨는 확신이 스며 있다. 즉, 꿈속에서 따뜻한 체온을 느끼며 안정을 취한다. 꿈에서 일어났던 좋은 일이 현실에서도 가능하다고 믿는다. 물론, 이 시에는 이름을 붙여 주는 '명명' 행위와 '망각'의 행위가 교차한다는 점에서 온화하다는 판단은 위험할 수 있다. 명명 행위는 자신과 타인을 연결해 주는 요소이지만 역으로 망각의 행위는 연결의 사라짐일 수도 있으니 말이다. 그런데 여기서 관심을 가져야 하는 것은 '풀잎'이 아니라 풀잎'들'이라는 복수다. 풀은 자신의 의도와는 상관없이 곁에서 서로를 지켜 주는 존재로 존재하니 시인이 꿈속에서도 현실에서도 잠시나마 온전히 서 있을 수 있다. 그는 혼자가 아니다. 이기현 시인의 시집에서 '곁'이라는 개념도 중요한 지점을 차지하는데 그에게 있어서 '곁'은 부서진 관계를 증명해 주는 요소로 등장하니 그렇다. 이러한 이유로 이 작품은 그가 정말로 말하고 싶은 목소리라고 할 수 있지 않을까. 그는 곁을 지키고 싶고, 사람을 챙기고 싶고, 그 누구보다도 세상을 향해 이야기하고 싶은 시인인 것이다. 그러니 더 꿈을 꾸지 않아도 되고, 기억하지 않아도 된다. 이미 그와 대상은 온전히 곁에서 서로를 지켜 주니까. 그러나 이 작품처럼 세상은 잔잔하지 않다. 그래서 세상은 시인으로 하여금 시를 쓰게 하는지 모른다. 그렇다면 시인이 겪은 세상의 구체적인 풍경은 무엇일까.

특별하지만 사소한 그래서 희망적인

인간이 시를 쓴다는 것은 특정한 세계 안에서 시를 쓰는 것과 무관하지 않다. 그리고 이 세계는 자신이 '선택'할 수 있는 것이 아니다. 누군가는 시대를 벗어나 미래를 손쉽게 포획하는 사람들도 있겠지만, 이런 존재들은 극히 일부일 뿐, 보통의 사람들은 주어진 세계를 벗어나지 못한다. 시문학도 크게 다르지 않다. 그 시대에서 쓰일 수밖에 없는 필연적인 문학의 모습을 사후적으로 바라보는 과정에서 세계의 필연은 인간이 받아들여야 할 운명 같다. 이것의 총합을 역사라는 말로 이해할 수 있겠지만, 이 역사를 벗어날 수 없는 것이 인간의 숙명이다. 실력이 뛰어나거나 운이 좋아 미래를 점칠 수도 있겠지만, 대개 시대가 만들어낸 '세계관'을 벗어나지 못한다. 가장 쉽게 이야기할 수 있는 것이 역사적 상흔이다. 우리의 경우 식민지의 경험, 해

방, 한국전쟁, 제주 4.3, 군사쿠데타, 독재정권, 4.19 혁명, 광주 5.18, 냉전체제 붕괴, 신자유주의, 세월호, 포스트 휴먼, 인공지능 등 시대적 아픔이나 혁명적인 기술로 인해 받아들여야 하는 패러다임의 변화는 자의적이든 타의적이든 인간의 삶에 영향을 주었다. 시문학의 풍경도 이와 크게 다르지 않다. 2000년대 초반부터 거세 불어왔던 미래파 논쟁, 주례사비평 논쟁, 탈국가적 경향, 시인 서정주의 윤리 논쟁, 2010년대에 불어온 미투 등 시인들은 새로운 시대에 걸맞은 새로운 문학을 찾기 위해 감각적으로 자신의 욕망을 분출했다. 그때 출현한 '화자'의 형태는 퀴어 주체라든지, 탈국가 주체라든지, 성년이 아닌 소녀 주체라든지, 소년 주체라든지, 디아스포라 주체라든지, 과거에는 감히 엄두도 내지 못한 새로운 목소리가 자유롭게 출현했다. 시대적인 분위기 탓도 있었고, 웹이라는 새로운 기술의 발명도 이런 분위기를 부추겼다. 하지만 이는 이제 너무나 상식적인 추억의 이야기가 되어서, 동시대의 젊은 친구들에게는 너무나 익숙한 풍경이다. 이들에게는 특이할 것이 하나도 없는 보편의 흔적들이다. 물론, 여전히 부조리는 시대와 무관하게 발생하지만, 시대적 흐름만큼은 그 누구도 부정하지 못하는 시대에 우리는 깊이 담겨 있다. 그렇다면 이기현의 '화자'는 어떤 계보에 놓여 있을까. 나는 그의 영향 관계를 따져 보기보다는 그의 '화자'가 이 시대에 어떤 면에서 의미가 있고 특별하게 볼 수 있을지 독자들과 즐겁게 상상해 보자는 것이다.

이기현 시인의 첫 시집에는 **'관계'에 대한 틀어짐이 반복적으로 차이를 생성해 낸다. 그의 시집은 어떻게 생각해 보면 '관계'의 시집이라고 명명해도 좋겠다.** 물론, 이 관계는 파이팅이 넘치는 것과는 무관하다. 화자는 관계 속에서 적극적이지 못하고 소극적이다. 뒤로 밀려나 있다. 8년 만에 도시를 다시 찾은 화자는 "이곳에선 여전히 아무에게도 의지할 수 없다는 사실을 받아들이는 것이"[3] 두려웠다고 고백했다. 즉, 이방인으로서 무엇인가를 다시 적응하고 채워야 했다. 하지만 잘되지 않는다. 그래서 시인은 온전한 관계가 펼쳐질 수 있다는 믿음을 내장한 채 '유토피아'를 탐닉한다. 그만큼 이 시집 속 화자에게 관계는 치명적이다. 그렇다면 이 치명적인 관계는 이 시대에 왜 필요하고, 왜 쓰일 수밖에 없는가. 이러한 풍경은 단순히 개인적인 맥락에서 노래되어야 하는가. 아니면 시대적 흐름과 함께 읽어야 하는가. 이기현 시인의 시집을 읽기 위해서는 이런 물음에 대해 답해야 한다. 개인적으로 이 부분에 대해서 여러 생각이 들지만, 내가 근거로 제시하는 것이 정답이 아님을 그 누구보다도 잘 알고 있기에 이 해설에서는 유쾌하게 상상해 보고자 한다. 이 '유쾌함'은 시인의 삶을 통해 배운 것이다. 어쨌든, 이런 상상을 하기 위해서는 지금 우리가 사는 세상이 어떤 세상인지 답해야 한다. 특히, 젊은 예술가가 어떻게 세상을 견디는지 개인이 아닌 보편의 의미를 헤아려야 한다. 그래서 나는 서사의 힘을 빌려 온다. 최

---

3 이기현, 「담담하게 정진하겠습니다」, 『현대시학』, 2019.11·12, 248쪽.

근에 『그랑비드』(이숲, 2023)를 읽었다. 이 작품은 자신의 존재를 '증명'해야만 살아갈 수 있는 특별한 세계관에 관한 내용이다. 그러니까 주인공은 자신의 존재를 증명하기 위해 몸부림을 친다. 그런데 이 증명이라고 하는 것이 너무나 잔인하다. 자신의 이름을 알리기 위해서 수단과 방법을 가리지 않고 치욕적인 것을 견뎌야 하기 때문이다. 그렇다면 이런 세계를 통해 동시대는 어떤 방식이든지 자신의 이름을 사람들에게 알려야만 먹고살아 갈 수 있다는 결론이 따라 나온다. 그리고 이런 세계에서는 지극히 '개인'이 중시되고 '인정' 욕망만이 가치 있다고 판단된다. 따라서 주변 동료들의 얼굴은 서서히 지워질 수밖에 없다. 문단으로 따지자면 자신의 명성을 위해 선한 동료들을 이용하거나 이간질해 그들을 밀어내고 홀로 유리한 고지를 선점하려는 사람들을 떠올리면 될 듯하다. 이들에게는 오로지 자신의 명성만이 중요하다. 곁에 있는 존재는 도구일 뿐이다. 이처럼 겉으로는 평온해 보이는 사회라고 할지라도 동시대는 자신의 존재감을 찾으려는 시대적 '불안'에서 자유로울 수 없는 것이다. 그것이 부정적이든 긍정적이든 이 시대는 이런 부담을 안고 흘러간다. 시인은 이런 문단의 풍경에서 벗어날 수 없다. 그러니 관계가 온전한 관계로 발전하는 것은 사실상 불가능하다. 마영신의 『아티스트』(송송책방, 2019) 역시 이런 부조리를 너무나 잘 담아냈다. 질투 아닌 질투와 욕망이 아닌 인정 욕망이 판치는 곳에서 자신의 이름을 얻기 위한 투쟁은 살벌한 것이다. 에리크 스베토프

트의 『SPA』(교양인, 2022)에서 등장하는 어느 한 인물은 회사에서 실수했다는 이유 하나만으로 낙인이 찍힌다. 주변 동료들은 이 풍경에 대해 문제를 제기하지 않고 너무나 당연하다는 듯이 멀리서 구경만 한다. 구경은 부조리한 폭력에 동의하는 또 다른 폭력과 다름없다. 그래서 작가의 호러적 연출은 폭력의 부조리를 더욱 증폭시킨다. 평론가 황치복이 이기현의 「변방의 요리사」, 「쌍두사」에 대해 기이[4]하고 그로테스크하다고 언급한 것은 그래서 우연이 아니다. 물론, 이기현 시인에게 이런 계열의 작품은 많은 정서를 차지하지 않는다는 점에서 기이하고 그로테스크한 성질을 시인의 무기라고는 말하지 못하겠다. 하지만 지독하게 고통스러운 순간에는 이런 공포의 경험을 몸소 느꼈을 것이고, 이런 경험을 시인은 호러적 연출과 함께 일시적으로 소환해 냈다고 판단된다. 이런 표정 역시 시인이 가진 표정 중에 하나다. 관계의 회복은 이처럼 곳곳에서 쉽지 않다. 이는 문단만이 그런 것이 아니다. 사회 전체가 그렇다. 어느 시대든 경쟁 아닌 곳이 없고 여전히 치열하다. 따라서 인간관계는 쓰러지고 이 관계 속에서 우리는 비틀어진다. 말이 길어졌지만, 동시대는 자신의 이름을 얻기 위해 '관계'가 순수한 관계가 아닌 계산된 '관계'로 인식될 수밖

4 "기이하고 그로테스크한 시적 상황과 이미지, 그리고 그러한 시적 효과를 자아내는 시적 제재를 선택하는 안목에서 탁월한 능력을 보여 주고 있는 시인은 그의 시를 읽으면 마치 한 편의 괴기스러운 호러물의 영화나 SF 영화를 본 듯한 느낌이 일어나도록 한다." 황치복, 「개성적 작시술의 향연—오석화, 조은영, 이기현의 새로운 시선」, 『열린 시학』, 2020.겨울, 305쪽.

에 없다는 말을 하고 싶고, 이런 특징이 동시대의 가장 중요한 얼굴 중 하나라는 것을 이야기하는 바다. 물론, 이러한 이유 하나만으로 이기현의 시집 속에 등장하는 '관계'와 관련된 시편 모두를 환원하는 것은 불가능하다는 것을 잘 알고 있다. 무엇보다도 시의 언어를 떠나 한 인간의 애쓴 고백의 결과물이 수학처럼 떨어지는 것이 아니라는 것을 잘 안다. 늘 잔여의 상태로 남아 있으니 말이다. 하지만 이전 세대와는 변별되는 동시대의 특징에 대해 생각해 볼 필요가 있다. 내가 가지고 온 근거는 『그랑비드』, 『SPA』, 『아티스트』의 서사이다. 그렇다면 이 글을 읽고 있는 **독자들이 생각하는 동시대의 또 다른 특징은 무엇인가.** 이러한 질문과 함께 이기현의 시집을 읽는다면 또 다른 재미를 느낄 수 있을 것이다.

동시대의 시문학의 특징 중 하나가 '관계'의 흔들림이라면, 시인들은 이런 관계의 흔들림을 단순하게 응시하지 않을 것 같다. 물론, 지극히 사소한 흔적에서 출발하겠지만, 그리고 그것이 개인의 사적인 이야기겠지만, 이 소소한 경험이 보편이 되기도 한다. 또한, 관계의 틀어짐은 상처를 남긴다는 점에서 어떤 방식이든지 작가들에게 봉합하려는 시도가 존재한다고 본다. 그리고 자연스럽게 이런 봉합의 의지가 시인의 언어로 펼쳐진다고 본다. 그러니 독자들은 이 지점에 관심을 가져야 하고, 이기현 시인이 고백하는 관계의 시학이 동시대에 출현하는 기타 여러 예술가와 어떤 방식으로 만나고 차이를 발생시키는지 몽상하며 시집을 읽을 필요가 있다. 최근 허름하지만 늠름한 인천의 한 극장에서 세오 마이코의 소설을 영화화한 미야케 쇼의 「새벽의 모든」(2024)을 본 적이 있다. PMS(월경전증후군)로 짜증을 억제할 수 없는 여자, 갑작스럽게 찾아오는 발작 증상으로 인해 인간관계가 쉽지 않은 남자가 등장한다. 이들은 모두 타인과의 관계에서 틀어져 새롭게 관계를 맺기가 쉽지 않다. 다행히 이 영화는 서로 다른 질병을 갖고 있었던 탓에 고역과 아픔의 정도를 서로 잘 알고 있었고, 그 상처가 오히려 관계를 회복할 수 있게 했다. 그래서 이 영화는 상대의 고충을 치유해 주는 과정을 편하게 담아 놓았다. 한마디로 말해 행복한 영화이다. 물론, 이런 풍경이 현실에서 이뤄지지 말라는 법이 없고, 긍정적인 측면에서도 관계의 화해는 매우 중요하다. 이 사실은 그 누구도 부정할 수 없다. 하지만 시인의 언어는 이것이 불가능함을 역설한다. 역설적으로 이 불가능을 그 누구보다도 잘 알고 있고, 그것이 지금 시인의 상태라는 점에서 시 쓰기는 현재가 된다. 따라서 **독자들은 '관계'를 둘러싸고 있는 이 순간에 관심을 가져야 한다.** "문밖에 당신이 있다는 걸 알고 있다/당신이 나에게 떠넘긴 슬픔이/내 안에서 체류 중"이라고 했을 때 슬픔을 함께 공유하지 못하는 것도(「유실물」), "꿈속에서도 날 알아보지 못하는 사람을/벽처럼 세워 두고/그 앞에 서서/벽이 되어 본 적"이 있다고 고백하는 것도(「공원을 배회하는 감각」), "혼자가 아니라는 착각 때문에/몸이 썩기 시작할 때까지 잠들기로 했지"라고 했을 때, '착각'을 뒤늦게

깨달은 것도(「빛과 사랑과 당신」), "승강장에 나란히 앉은 우리가 같은 방향이라고 할 수 있을까"라는 목소리처럼 분명히 같은 방향을 바라보고 있음에도 바라보지 않는다고 확신하는 것처럼(「야간 해루질」), "난 누가 흘리고 간 증명사진처럼/정갈한 표정으로 너의 바깥에 남겨져 있고/넌 잠들기 전에 하는 기도처럼/내 안에서만 살고 있고/그래서 슬펐다"라는 구절처럼 진지하고 진정성 있게 소통하지 못하고 '내' 안에서 쓸쓸하게 '당신'을 홀로 품어야 했던 것도(「머미브라운」) 모두 관계의 흔들림에서 재생되는 흔적이겠다. 그리고 이 관계는 가족이라는 테두리에서 일정 부분 회복되거나 치유될 수도 있는 성질이지만, 시인에게는 그것마저 허락되지 않았다. **관계의 회복을 혈육의 힘으로 회복할 수도 있었지만, 그가 놓인 환경은 넉넉지 못했다.** "다섯 걸음이면 현관문을 열고/단 한 걸음이면 바깥으로 나갈 수 있는 집/다시는 돌아오지 않아도 되는 집"은 떠나야 회복할 수 있는 역설적인 공간이었다(「머미브라운」).

누군가는 이러한 관계의 흔들림이 고리타분하다고도 말할 수 있다. 당당하게 일어서지 못하고 실패하며 홀로 몸을 숨기는 병든 시인이라고 말이다. 하지만 시인은 병들었기 때문에 살 수 있고, 이 병들었음으로 인해서 관계의 흔들림이 하나의 담론으로도 확장해 새로운 '관계'를 이야기할 수 있다. 그리고 예술의 측면에서도 이는 흥미롭다. 창작자들은 자신을 '어떻게' 표현해야 하는지 고민하는 사람들이니 그렇다. 아픔의 크기가 개별적인 결로 표현되듯이 아픔의 크기를 어떻게 표현하냐에 따라 다양하게 펼쳐지기 때문이다. **그래서 이기현 시인만이 가지고 있는 '어떻게'에 대한 풍경을 응시하는 것은 시 읽기의 즐거움일 수 있다.** 처음에는 다소 괴롭겠지만, 그가 이끌어 가는 형식에 익숙해지면 그만이 가지고 있는 시의 미감을 즐길 수 있다. 나아가 시의 운용을 탐닉할 수 있다. 기억해야 할 것은 습기의 언어를 가진 그가 늘 축축하지는 않다는 점이다. 그는 그렇게 비관적인 사람도 아니다. 이 순간에 놓인 운명의 끈이 불운한 순간에 놓여 있을 뿐이지, 시인은 그 순간을 자신의 삶 자체라고 생각하지 않는다. "나는 언제까지 나를 괴롭힐 수 있을까/사그라지지 않는 불꽃을 품은 채"라고 고민하지만(「난연」), 이 괴롭힘의 방향이 지독하게 외로운 구석만을 흠모하는 것은 아니다. 시인은 자신만의 안식처가 어디인지 잘 알고 있다. 다만, 그곳으로 가기 위해서는 지금의 고통을 감내해야 할 뿐.

벽지를 물들이는 강물 냄새 때문에
자갈밭을 걷고 있었지

걷다 보면 몇 사람들을 마주칠지도 몰라
밑창에 강물을 적시고 걸었지
자갈 치이는 소리보다 오래 남을
물의 자국을 믿으면서

어느 미승인국에서 다시 태어나면
백 년 동안 당신과 이야기하고 싶어
국적을 가지는 것보다
당신과 평생 이야기할 장소가 필요해

그런 우리에게 고통은
받는 게 아니었지
가하는 거였어
가해지는 거였어

백 년을 당신과 그렇게 보내고 싶지 않아서
벽지에 피어나는 곰팡이처럼
국경이 생기고 장벽이 일어서도
자갈밭을 걷고 있었지

무수한 돌들의 국경을 넘고 있었지
걷다 보면 몇 사람들을 마주칠 줄 알았는데

내가 걷는 게 당신의 마음속이어서
자갈 치이는 소리만큼
한 사람을 찾아 헤매고 있었어

뒤를 따라오는 물의 기척을 느끼면서
한 칸의 방

한 사람의 마음

당신을 만나려고
당신의 장소를 걷고 있었어

—「당신의 장소」 전문

이기현 시인의 시집에서 **'당신'** 또한 주목해야 할 키워드 중에 하나다. 그의 첫 번째 시집에서 **'관계'**에 대한 틀어짐이 어쩌면 '당신'으로 인해 이뤄지는지 모르기 때문이다. 아무리 삶이 괴롭고 힘들어도 자신의 이야기를 들어 줄 수 있는 존재가 **'곁'**에 있다면 그는 무엇이든지 해낼 수 있다. 밖에서 치이고 무시당하고 쓰러져도 괜찮다며 작은 두 손으로 어루만져 줄 수 있는 존재가 시인의 곁에 있었다면 그는 어깨를 펴고 당당하게 여러 지역을 횡단하며 모든 근심을 내뱉을 수 있다. 하지만 안타깝게도 현재 시인에게는 그런 존재가 없다. 그래서 이 작품이 유독 쓸쓸하게 느껴지는지 모른다. 역으로 이런 쓸쓸함은 누구나 한 움큼씩은 가지고 있다는 점에서 우리는 시인의 언어를 통해 위로받을 수 있다고 본다. 이런 맥락에서 이 작품은 아무리 찾으려 해도 찾을 수 없는 이상향에 대한 도피처일 수 있고, 현재 시인이 닿을 수 없더라도 도달해야만 하는 최종 목적지 같다는 생각도 든다. 하지만 한편으로는 도착할 수 없어서 채워야 하는 무게로 인해 시인 스스로 고통을 견디는 시간일지도 모른다. 현재 그는 아파도 낫고 싶지 않은 상태인 것이다. 인간에 대한 사랑 중 가장 지독한 사랑은 '자기애' 이다. 이것을 우리는 나르시시즘이라고 부를 수 있겠지만, 이런 에너지가 없다면, 그 누가 글을 쓸 수 있겠는가. 자신이 쓴 언어가 아름답다고 확신하지 못한다면 어떻게 추상적인 물질에 영혼을 불어넣을 수 있겠는가. 물론, 이 과정은 그 누구도 쉽지 않다. 매번 고통을 수반하기 때문이다. 하지만 자기애적 상황을 삶과 맞바꿔도 가치 있다고 믿으니 시인은 홀로 몸을 괴롭힌다. 삶을 담보로 악마와 계약하는 어리석은 예술가들은 이런 매력에서 빠져나올 수 없다. 하지만 시인에게 괴롭힘은 즐거움이기도 하니 때론 놀이로 둔갑하기도 한다.

그러나 젊은 시인은 이런 환경에서 벗어나려고 한다. 그러니 다른 장소와 다른 세계관과 다른 공간을 응시하고 있다는 것은 필연이 된다. '이곳'을 벗어나 '아주 먼 곳'에서 희망을 찾겠다는 이야기이기도 하다. 하지만 이 마음 또한 대답은 정해져 있다. 탈출구라는 것, 희망이라는 것은 외부에 있지 않다고 말이다. 한 개인에게 전혀 다른 운명이 펼쳐지는 것은 동화 속 이야기나 판타지에서만 가능한 세계인 것이다. 그래서 '희망'이라는 말을 손쉽게 꺼내지 못한다. 단지 희망 없음 속에서 희망을 갈구하는 마음이 한 인간을 살아가게 할 수도 있으니 말이다. 이 작품처럼 '당신'을 만나러 가기 위해 조금씩 조금씩 닿지 않는 곳을 향해 닿을 수 있다고 믿음으로써 고독하고 외로운 삶을 채워 나가는 것이다. 어쩌면 이 방법이야말로 가장 현명한 방법이며 가장 아름다운 방법인지 모른다. 누가 내게 와서 개소리하든, 이간질하든 스스로가 부끄럽지 않고 '긍지'가 있다면, 내 스타일로 힘껏 밀고 나가 보는 것이다. 그래서 이 작품은 많은 사람에게 사랑받을 수 있을 것 같다. 무엇보다도 시인의 이런 신념이 그를 앞으로 오래도록 밀고 또 밀게 될 것 같다. 무엇보다도 이 작품에는 작은 미래가 담겨 있다. 사소하지만 무궁한 가능성이 담긴 씨앗의 형태 말이다.

이 작품에서 화자는 국적을 가지는 것보다 "당신과 평생 이야기할 장소가 필요해"라고 고백한다. 그가 국적이 없는 세계를 탐닉한다는 것은 '이곳'에 대한 부자유일 수 있고, 환멸일 수도 있다. 국적이라는 것은 태어나자마자 주어지는 것이라는 점에서 자신의 선택과는 무관하게 펼쳐진 세계이기 때문이다. 물론, 디아스포라 주체를 떠올린다면 국적의 세계는 허물어진다. 그러나 시인은 자발적으로 그런 존재가 되었으면 하고 바란다. 한마디로 말해 개념에 대한 자유이고, 엮임에 대한 자유이고, 관계에 대한 자유라는 몽상도 하게 된다. 그리고 이런 고독한 자유인이 도달하는 곳이 "당신과 평생 이야기할 장소"이다. 이처럼 사소하지만 위대한 장소는 그와 함께 곁에서 걷는 시간의 장소이다. 무엇보다도 이 장소는 개인적으로는 삶에 대한 탈출구이자 유토피아이다. 그러나 독자들도 모두 알겠지만, 유토피아 같은 것은 없다. 이 글을 읽는 당신도 나도 알고 있다. 하지만 우리는 그곳으로 간다. 환상의 힘을 빌려서든

척박한 현실이든 우리는 견디고 걸어서 뛰면서 온몸으로 부딪친다. 이것이 이기현 시인이 품고 있는 문학의 윤리이다.